El amor del capitán Stanek

Él regresó de la muerte, para salvarla

DANTE ROMERO SIÑA

ISBN: 978-612-00-0742-6
ISBN-13: 978-612-00-0742-6
Hecho el Depósito Legal en la
Biblioteca Nacional del Perú N° 2011-15366
Impresión bajo demanda (POD)
CreateSpace EE. UU.

DEDICATORIA

Para todas las almas románticas de este mundo

CONTENIDOS

AGRADECIMIENTOS   iii

1	PRÓLOGO	Pg 1
2	INTRODUCCIÓN	Pg 3
3	PRIMERA PARTE	Pg 16
4	CAPÍTULO 1	Pg 17
5	CAPÍTULO 2	Pg 25
6	CAPÍTULO 3	Pg 35
7	CAPÍTULO 4	Pg 39
8	CAPÍTULO 5	Pg 52
9	CAPÍTULO 6	Pg 56
10	CAPÍTULO 7	Pg 67
11	SEGUNDA PARTE	Pg 73
12	CAPÍTULO 8	Pg 74
13	CAPÍTULO 9	Pg 79
14	CAPÍTULO 10	Pg 93
15	CAPÍTULO 11	Pg 102
16	CAPÍTULO 12	Pg 112
17	CAPÍTULO 13	Pg 117

18	CAPÍTULO 14	Pg 126
19	TERCERA PARTE	Pg 131
20	CAPÍTULO 15	Pg 132
21	CAPÍTULO 16	Pg 135
22	CAPÍTULO 17	Pg 141
23	CAPÍTULO 18	Pg 153
24	CAPÍTULO 19	Pg 160
25	CAPÍTULO 20	Pg 168
26	CAPÍTULO 21	Pg 173
27	CUARTA PARTE	Pg 178
28	CAPÍTULO 22	Pg 179
29	CAPÍTULO 23	Pg 184
30	CAPÍTULO 24	Pg 191
31	CAPÍTULO 25	Pg 203
32	CAPÍTULO 26	Pg 211
33	CAPÍTULO 27	Pg 218
34	CAPÍTULO 28	Pg 241
35	EPÍLOGO	Pg 250
36	ACERCA DEL AUTOR	Pg 264

AGRADECIMIENTOS

Para mi buen amigo, el piloto de helicópteros
Alfonso Chavarry Medina (Rambito), por compartir
conmigo, sus valiosos conocimientos
en misiones de combate.

Para *Evelyn O'brien,*
por organizar mi entrevista con Rambito.

Para *Víctor Altuna*, director creativo de *ZONAurea.com*
por colaborar en el diseño de la caratula.

PRÓLOGO

El amor, ese agradable sentimiento que bendice nuestras almas en algún instante de nuestras vidas, no existiría, de no tener el destino la benevolencia asignada por las leyes de la física, al elegirle un espacio-tiempo definido.

Es decir, el amor no surge al azar. Conocemos a nuestra pareja, para bien o para mal en un lugar determinado y en un tiempo preciso.

El amor que enciende pasiones. El amor tierno, hermoso que hace acelerar nuestros corazones, o en su defecto, el causante de dolor o de tristezas, es parte de un mecanismo universal que no podemos alterar; pues si pudiéramos, entonces no estaríamos en ese lugar, ni en esos segundos para conocernos.

¿Pero qué sucede después de la muerte física? Después de que hemos abandonado nuestras tres dimensiones, para penetrar en otra totalmente distinta.

¿Puede el amor ser más fuerte que la propia muerte y seguir existiendo?

¿Puede el amor entonces regresar de la muerte, para impedir que muera también su otra mitad, su otro amor?

Dejémonos de hablar y vayamos a conocer entonces: *El amor del capitán Stanek.*

INTRODUCCIÓN

Avenida Negley Sur 1801-D

Pittsburg, Pennsylvania

EE. UU.

—¡Ya no te soporto más!

»Me dices que vas a cambiar, pero siempre terminas con tu mal carácter. Y esto no es de ahora Frank, ha sido de siempre, entiendes; de siempre. La verdad... no creo que cambies nunca.

Monalisa Donovan no puede más, y unas lágrimas se precipitan recorriendo sus mejillas de rostro angelical. Ha discutido nuevamente con su hermano mayor Frank. Decide no continuar ingiriendo sus tostadas del desayuno, todas untadas con su mantequilla de maní favorita, su hermano le arruinó la mañana. Se ha ido del comedor dejando a Frank, y a su salida ha tirado la puerta, para desfogar así —en algo— la cólera que le invade. Pero ahora lo piensa mejor y decide regresar; quiere herirlo, tanto o más, como él lo ha hecho en otras ocasiones. Lo golpeará donde más le duele. ¡Lo abandonará!

—Quiero decirte algo más Frank, hasta aquí te soporté. No, puedo, más. Hasta ayer no quería tomar esta decisión, aún pensaba en ti y como te las arreglarías sin mí. Pero creo que voy a pensar un poco en mí también. Me ofrecieron un empleo, como asistente de diseño en una de las más prestigiosas firmas de decoraciones ambientales de Nueva York. Me voy Frank. Lo entiendes, me voy.

Frank, sentado en una de las sillas del comedor y muy cerca a la mesa, la observa sin responderle, acepta ciertamente muy dentro de sí, que ella, Monalisa, tiene toda la razón; nuevamente, le ha hecho pasar un mal momento y su mal carácter es el origen de todas las broncas y el hecho… de que no las puede controlar.

Frank Donovan, acostumbra traer a casa todos los sinsabores de su trabajo, ello le sigue causando tensiones que terminan, tarde o temprano, afectando a quienes le rodean.

—Mony, yo solo quería hablar de ese muchacho, que no era justo que su vida terminase de esa manera, y tú, en lugar de escucharme, te molestas y al hacerlo me irritas y todo se nos sale de control.

—¿Se nos sale de control Frank? Yo diría que más bien, olvidaste nuestro acuerdo, ¿recuerdas?

Frank muerte sus labios, ciertamente sabe dónde quiere llegar Monalisa. El acuerdo. Ese que Frank aceptó respetar hace apenas seis días y ya lo quebró por completo. Un pacto muy simple: no hablar del trabajo de ninguno de los dos en casa.

—Sí, efectivamente... te he decepcionado; pero es que...

—Es que nada Frank. Nada. Tienes un trabajo donde la gente puede morir frente a tus ojos, es el trabajo que elegiste, pero a mí no me involucres en tu dolor. Yo ya tengo suficiente con mis problemas, para estar añadiendo otros ajenos.

Frank vuelve a morderse los labios, sabe muy bien que de abrir ahora su gran boca, terminará por estallar la tercera guerra mundial. Decide callarse y aceptar lo inevitable.

—¿Cuándo te irás?

—Mañana en horas de la tarde.

—¿Parece que esto ya estaba fríamente calculado?

—Diremos que tantas veces me prometiste cambiar, que esperé y esperé como una tonta, siempre esperanzada en algún leve cambio en tu personalidad, pero una voz me decía que era mejor preparar mis maletas y tenerlas listas, para buscar una vida mejor.

Hubo un instante de silencio entre ambos y Frank decidió hablar.

—Sinceramente, deseo que te vaya bien. Sé que eres una buena diseñadora y todos en esa empresa estarán contentos con tus aportes y tu trabajo. No te preocupes por mí, que yo sabré salir adelante.

—Comprende que será lo mejor para ambos y, estoy segura que te estoy haciendo un bien. Así, con mi ausencia, tal vez podrás conseguir una mujer con la cual puedas *sentar cabeza* de una vez por todas, solo necesitas encontrar una mujer que te aguante tu mal carácter de cualquier momento del día.

Otro silencio. Ambos no dejaban de mirarse.

De pronto Frank dejó el asiento, dio unos pasos cortos y se detuvo muy cerca a su hermana. Aún no podía decir nada, hasta que lo dijo:

—Ya que es esta una de nuestras últimas peleas, al menos, discúlpame, ¿sí?

Monalisa aspiró todo el aire que pudo hasta llenar por completo sus pulmones.

—Desde luego que te disculpo hermanito. Me alegra que lo entiendas.

Se fundieron en un abrazo con un sentimiento honesto, que no revivían desde hace mucho tiempo. Ahora Frank hace descansar sus manos en cada hombro de los de ella, y la contempla con efusiva emoción. Decidió decirle:

—Déjame la información de esa empresa, tú sabes, tantas cosas pueden suceder.

—Desde luego que sí, Frank. También hice las compras de todo lo necesario, para que puedas subsistir en mi ausencia. Al menos, no te faltará nada por una semana.

—Gracias, eso será de gran ayuda, ya sabes que no sé qué comprar cuando estoy en el supermercado, normalmente me siento feliz con mi comida chatarra.

—Sí, tu comida chatarra, ni me la menciones. ¿Cuándo cambiarás a una comida más sana?

Frank sonreía.

—La comida chatarra es agradable Mony, solo que hay que saberla apreciar. Y ciertamente mucha gente en el mundo entero lo hace.

—Mejor no hablemos de eso. Y antes de que me olvide, envié a la lavandería unos abrigos, me gustaría que mañana, a la hora que retornas puedas traérmelos.

—Por supuesto, no te preocupes, así lo haré.

Al día siguiente, la nueva mañana amanecía cargada de nubes grises, y el turno de toda esa noche terminaba con siete intervenciones para Frank Donovan. Se encontraba cansado.

Para él, era otro momento más, atendiendo las emergencias como paramédico de ambulancias de la *Estación Cuatro del Mercy Hospital*, unidad perteneciente al *Departamento de Bomberos de Pittsburg, Pennsylvania.*

Pero para el destino, este día se confabulaba en la realización de una jugada maestra, que concluía uniendo el pasado... con el futuro.

—¡Hasta mañana!

Lo dijo como siempre, con ese *tono seco* de su voz al despedirse. Con su mano derecha en alto y sin ninguna sonrisa naciéndole en los labios. Frank Donovan, difícilmente sonreía, vivía en un estado de alejamiento total de la felicidad. Al parecer, desde hace muchos años también se peleó con ella.

Esa mañana, vestía muy atildado con unos jeans y camisa blanca de mangas largas, sus cabellos pardos parecían desordenados y su rostro mostraba ese color tan blanco como la leche. Su cansancio, no era para nada disimulado, pues unas ojeras atrevidas se mostraban para todos. Cruzó a pie el puente que une el hospital con el nivel *D* o nivel amarillo y abordó el ascensor que lo dejaría en el estacionamiento cubierto.

Saludó en su trayecto a muchos médicos y enfermeras que lo conocían, llevaba trabajando cerca de cinco años ininterrumpidamente y había recibido felicitaciones diversas, por su acción distinguida a favor de muchos ciudadanos en tantas emergencias. Aunque nunca le importó nada de eso, para él, era solamente su trabajo y todas esas congratulaciones eran simplemente trozos de cartón con unas letras que decían su nombre. Muchas de ellas, después de ser recibidas, iban directo a formar parte de la bolsa de basura.

Siempre supo que no fue favorecido con un rostro agradable para las mujeres. Y las decepciones amorosas que había tenido con muchas, parecían haberlo «marcado» para siempre. Bueno, habría que añadir que su mal carácter contribuía bastante... a *desencantar* a todas.

Mientras conducía su viejo automóvil Volkswagen, Frank escuchaba una canción del recuerdo de Whitney Houston. Había cumplido con recoger para su hermana, un sobretodo y dos abrigos largos; le harían falta para el viaje. Ese día, se encontraba de buen humor, y era algo verdaderamente raro. Quizá, se podría sospechar, que el origen de su extraña felicidad radicaba en el hecho, de que en las siete intervenciones no perdió a nadie. Recorría ya la *Quinta Avenida*, muy cerca de la *Universidad Carlow*; el semáforo se iluminó en rojo; detuvo el vehículo. Estaba justamente en la intersección de la *avenida Craft*; cuando lo escuchó. Era un grito de horror, tan desgarrador y tan potente, que en menos de un segundo opacó la canción, las voces y todo ruido de alrededor. Un grito de espanto que corría veloz y erizaba los cabellos de todos. El grito de un hombre que parecía ser tragado por la muerte misma. Prefirió asegurarse. Apagó la radio de inmediato. Entonces lo vio, por unos segundos se quedó petrificado, con sus manos quietas sujetando el timón. No podía creer lo que se movía con rapidez frente a sus ojos, allá afuera. Un hombre cruzó corriendo y la mañana gris se iluminaba de improviso, con destellos fuertes de luz, pues el cuerpo de ese hombre yacía impregnado de ardiente e intenso fuego amarillo. El individuo se quemaba en vida.

Su impresión parecía decirlo todo:

—¡Pero qué mierda fue eso!

Frank Donovan, instintivamente asimiló la escena, de una manera tan veloz como profesionalmente se desempeñaría en estas situaciones. Sus neuronas corrían a mil por hora y ciertamente todo esto, no era ninguna escena cinematográfica, menos de esas de cámara escondida: ¡esto era real!

Con sus muchos años de experiencia en la atención de emergencias, fue el primero que abandonó su coche para ver mejor lo que aún le resultaba difícil de creer: un hombre envuelto en llamas. Corroborando que no era ninguna alucinación; extrajo uno de los abrigos largos de su querida hermana, lo utilizaría para *ahogar* ese fuego.

»¡Deténgase! ¡Tírese al piso! ¡Tírese al piso! —Frank corrió hacia el individuo.

Pero el hombre no parecía escucharlo, seguía corriendo, pero en eso tropezó y cayó muy cerca de una de las veredas. Quedó estático, sin movimiento alguno, parecía muerto.

El olor de la carne quemada, rasgaba presurosa el ambiente.

Frank llegó y lo cubrió de inmediato. Pero el fuego había causado bastante daño a los tejidos, por su experiencia en casos similares, sería un *milagro* si el sujeto sobrevivía, y hasta el día de hoy nunca había visto alguno, pues todos morían. El individuo parecía perder el conocimiento, y balbuceaba alguna frase sin sentido aparente en ese momento:

—Tiene que decirle a ella, por favor, dígale a ella que... —el sujeto se desmayó.

Frank, sabía que un buen lugar para llevarlo era la unidad de quemados del Mercy Hospital, pero cada minuto era importante para la supervivencia de éste hombre. Su Volkswagen no era el vehículo ideal para transportarlo, requería uno de mayor espacio y velocidad. Trató de detener uno agitando los brazos, pero el chofer siguió de largo sin inmutarse en lo absoluto. Sintió rabia por la indiferencia de la gente.

—¡Malnacido! —le gritó a viva voz.

Entonces vio detenerse una camioneta de la Universidad Carlow; corrió hacia ella, abrió la puerta y extrajo al chofer, quien opuso resistencia, pero Frank se lo gritó:

—¡Un hombre se está muriendo necesito su vehículo!

El chofer decidió colaborar con él. Lo entendió.

—Vamos, lo ayudaré.

Subieron el cuerpo del hombre a la camioneta y partieron. En el interior, Frank le quitaba el cinturón y el calzado a la víctima, además de un anillo de oro, que este llevaba en su mano izquierda. La indumentaria que vestía por un momento le pareció extraña, pues era la utilizada por los pilotos de combate. Frank se impresionó.

—¿De dónde diablos has salido?

Segundos después, desde su celular comunicaba la emergencia y el estado del paciente. En menos de cuatro minutos —que parecieron una eternidad—, ingresaban al Mercy.

La última imagen que tuvo Frank, era ver a ese hombre ser llevado en una camilla, empujada a toda prisa y escoltado por profesionales médicos. Agradeció al chofer toda la ayuda brindada.

—Le agradezco, buen hombre —dijo Frank extendiéndole la mano, algo que en él era poco común.

—No tiene nada que agradecerme. ¿Cree usted que se salvará?

—Hicimos lo que pudimos. Ahora la medicina y él, harán el resto.

—También Dios —dijo el hombre.

Frank no le respondió nada, porque simplemente él no creía en Dios.

Se despidieron.

Más tranquilo, por haber realizado su octava intervención, Frank ingresó al hospital por otra puerta, tendría que llenar la documentación respectiva explicando lo ocurrido. Felizmente el jefe de seguridad Danny Alpert, su amigo, estaba de turno esa mañana. Le entregó a él las prendas de aquel hombre, así como el anillo.

—¿Qué ocurrió Frank? —le preguntó de manera directa.

—Solo apareció frente a todos, en la intersección de la avenida Craft. Su cuerpo era todo fuego; sus gritos eran de horror; intervine. Lo otro ya lo cono-ces.

—Crees que él sea… de la zona.

—Lo ignoro Danny. Pero las botas y el cinturón que le quité, son de uso militar. Como el de los pilotos de combate, tú sabes.

—¿Piloto de combate? ¿Estás seguro? No hemos recibido ninguna alarma. Lo más cercano a la Fuerza Aérea que tenemos es su *Centro de Reclutamiento*, en la *avenida Liberty*.

Frank realizó un gesto con sus labios y simultáneamente levantó sus hombros, como queriendo decir: *no sé más, ya cumplí con decir todo*.

—¿Algo más que añadir Frank?

—Pues no. Puedes verlo y puedes averiguarlo tú mismo. Mi auto se quedó allí.

—Ya veo. Ordenaré que una unidad te regrese de inmediato. Por favor, colabora con la policía y muéstrales donde ocurrieron los hechos. Pronto llegarán.

—Así lo haré. Gracias Danny.

Después de diez minutos Frank Donovan dejaba a dos oficiales de la policía, haciendo preguntas muy cerca de la Universidad Carlow y mientras conducía de regreso a casa, buscaba qué palabras hilvanar para explicarle a su hermana, que en lugar de tres abrigos, solo le entregaría: *dos*.

A la mañana siguiente, y aún ligeramente acongojado por la partida de Monalisa, un sentimiento extraño se superpuso sobre el anterior, invadiéndolo mientras conducía camino al trabajo. Recordaba una y otra vez, a ese pobre hombre envuelto en llamas.

Luego de estacionar su automóvil en el lugar reservado para bomberos y paramédicos; Frank, ignoraba el porqué sus pasos casi parecían llevarlo directamente, para preguntar el estado de aquel desconocido, decidió por tanto que antes de reportarse a su unidad, ingresaría a emergencias para conocer lo sucedido. Esto, ciertamente era muy raro en él, y además, los protocolos establecen que un paramédico debe «desconectarse» de la víctima. De esa manera tan simple, se persigue que no exista ningún sentido de culpabilidad psicológica, que pudiese de algún modo acumularse y afectar su labor, en el futuro inmediato.

PRIMERA PARTE

*Somos del mismo material del que se tejen los sueños,
nuestra pequeña vida está rodeada de sueños.*

William Shakespear

CAPÍTULO 1

Tres años y siete meses antes...

A 30 Km de Geresk

Suroeste de Afganistán

El capitán John Stanek contempla el hermoso firmamento ante sus ojos; y al hacerlo, parece dibujarse siempre el rostro de su amada, mirándolo y sonriéndole. Él también se sonríe.

A sus treinta y cuatro años de edad, ha logrado los mayores méritos dentro del ejército británico.

Aquí, tan lejos de su patria, el brillo del sol y de cada estrella luce más encendido que en ninguna otra parte.

Se siente privilegiado por gozar este momento que la vida le da. Ciertamente, en este inmenso desierto ha podido descubrir también, que las noches no son negras... sino violetas.

Lo conoce como la palma de su mano, pues inmediatamente graduado de la academia, se alistó para participar en la *Operación Herrick*, aquella que acompañó a los norteamericanos en la llamada *Operación Libertad Duradera*.

Desde aquel 7 de octubre de 2001, ha regresado y marchado en diversas ocasiones, pero en todas ellas, su corazón no estaba flechado por el amor. Hoy es diferente, pues por momentos quisiera estar solamente en los brazos de su amada, y besarla y pronunciar su nombre muy despacio y cálidamente, pues es como una hermosa melodía en una tarde de primavera, es como si sonaran mil acordes de guitarras: *Joetta*.

La última incursión en la zona de *Qurya*, resultó muy positiva, lográndose hallar y destruir un campamento enemigo. Pero dentro de unas horas más, después de la media noche, partirá con sus hombres más al sur, protegiendo a tres helicópteros *Chinook Ch-47 MK4*, que llevarán comandos especializados hasta una región llamada *Alimardan Khan-e-Bagat*, tiene ya las coordenadas satelitales y espera que todo marche bien —como en anteriores ocasiones—, y pueda destruirse otro enjambre de sus enemigos sin uniforme.

Son las nueve de la mañana y todo el grupo de pilotos, copilotos y comandos se alista para escuchar los detalles de la misión. Un calor insoportable.

Por el momento, en una gran pantalla blanca se proyecta el escudo de las *Flechas de Acero*. Su heroico grupo de combate. Pronto, cuando él ingrese; en ella se reproducirán: cifras, planos, coordenadas, rutas de vuelo; que serán la base de la misión.

Pero desde hace varios días, el capitán John Stanek esconde algo; algo muy dentro de sí que anhela descifrar cuando antes.

Para él, los sueños siempre tuvieron esa categoría, la de ser solamente: *sueños*. Nunca les otorgó ningún valor, más allá de la pura fantasía de un cerebro cansado y con la típica carga habitual… del *estrés* del guerrero. Pero los sueños formados en estas tierras soleadas tienen un *toque* de misterio, que se le ha ido revelando conforme avanzan los días y las noches de insomnio.

Sueños que al despertarse a mitad de una noche o madrugada, aún tejen en él cada momento ácido y vívido. Cuadros de escenas a los que jamás ha pertenecido en la vida real. Y que ciertamente le asombran. Imágenes que solo podrían existir en un futuro diferente, yacen clavados en lo más profundo de su alma; intensos y punzantes.

¡Sueños absurdos! Los denominó en cierto momento. Producto de celos que nunca imaginó poseer, o de la tensión propia y añadida de esta guerra contra el terror.

¡Sueños estúpidos! Pues su novia jamás lo engañaría con otro. Joetta nunca lo haría, como él tampoco se permitiría traicionarla. La ama demasiado.

Su amor por ella le ha significado bastante en esta guerra, donde tantas escenas de horror se viven a diario y en donde cualquiera podría volverse loco, de no tener a alguien que lo aguarde a la salida de todo este campo de miserias humanas.

¿Por qué entonces? —se pregunta en silencio.

Porqué estos sueños recurrentes atortujan mi corazón, con tantas imágenes de ella. ¿Por qué regresan una y otra vez?, ¿acaso para mostrarme la historia que faltaba contarme?

»*Estos son sueños de otro lugar y otro tiempo.*

En esos sueños, puede ver a Joetta inmensamente feliz; él la conoce bien, conoce ese particular brillo de sus ojos grises. Como también la peculiar tristeza que suelen mostrar, como la última vez cuando se dijeron adiós; de eso hace ya cinco meses.

Aunque ha tenido esporádicas oportunidades, de verla a través de la pantalla de alguna laptop y escucharla decirle que lo ama, y que espera impaciente que pronto todo esto termine para volver a estar juntos. Y él la ha consolado, diciéndole que se encuentra bien, que pronto terminará todo, que por ella se cuida cada día. Que lleva su fotografía al lado de su corazón, besándola siempre antes de cada misión. Que ella es la fuerza vital que le ayuda a superarlo todo.

»*Pronto terminará todo esto mi amor. Lo primero que haré será comprar ese anillo y pedirte que te cases conmigo —* parece murmurar dentro de sí.

Pero las heridas causadas por esa exposición duradera a tantos sueños, se han convertido en una tortura lenta, con heridas que sangran cuando los recuerda.

En el sueño de esta madrugada, ella pronunció el nombre de otro hombre y se besaron. En los ojos de ellos él vio reflejarse el amor. Pero también en sueños anteriores, él siente quemarse vivo en una terrible explosión, una luz intensa, un sonido de terror, gritos de auxilio y luego el silencio.

John, sabe perfectamente que en toda guerra, los distraídos se mueren. Además por su rango, no puede pensar tanto en él sino también en sus hombres.

Acaso, todo esto no será una advertencia del destino, mostrándome que esta misión no saldrá bien después de todo —se hace esa misma pregunta desde hace varias horas. ¿O seré yo quien no sale bien librado de esta misión, y al morirme Joetta se case finalmente con otro?

—¡Atención oficial ingresando! —grita el teniente a cargo.

Todos los hombres se levantan de sus asientos y dan el saludo correspondiente. El piso de tierra blanda parecería reflejar dentro, con menor intensidad, los veintinueve grados centígrados que calientan fuera y siguen ascendiendo.

—Descansen —Stanek da un vistazo a todos los hombres reunidos ahí. Les informará.

»Bien señores, sincronicemos nuestro relojes: cero novecientos diez.

Después de dejar pasar unos segundos, en los cuales todos coordinan la misma cifra horaria en sus relojes, decide continuar.

»Tenemos una nueva misión, brindar apoyo aéreo, en la ubicación y destrucción de un campamento enemigo. El líder de la misión será el teniente «roca», el comandante de la misión, capitán «tigre». Todos deberán asistir al chequeo médico a las mil. La situación es la siguiente…

En esos momentos, como en otras tantas veces, irrumpe su actividad militar dejándolo pensativo, un grupo de fragmentos de sueños que creía olvidados, pero que siempre vuelven a resurgir.

Por breves segundos se quedó callado, como si pensara *en otras cosas*, y sus hombres percibieron ese delator silencio. Surgen algunas murmuraciones. John hace fuerzas por apartar de su mente cada imagen que se le aparece; lo logra, continuará informando de la misión.

»Bien señores, la situación es la siguiente. El número de fuerzas hostiles es, según información de inteligencia de unos ochenta hombres. Fuerzas aliadas en la zona, unidades terrestres a quince kilómetros. El tiempo meteorológico tanto para salida y destino nos será propicio. El tipo de misión a desarrollar esta clasificada como Alfa 10. Realizaremos vuelo de formación K de bajo nivel. Todos llevarán su equipo especial. Las frecuencias de uso primario serán: FM 7, UHF 335.07, VHF 145.9, HF 6623.5 utilizaremos plomo de ciento veintidós. Las frecuencias alternas y datos adicionales les serán suministradas por el teniente, enseguida.

John da un vistazo rápido al teniente quien entiende de inmediato la orden silente que le está dando y, seguidamente toma su lugar al frente de todos los hombres, ensamblando perfectamente toda la información.

Stanek ha decidido apartarse del grupo, pues no se siente bien.

¿Cómo hacerlo con tantos pensamientos de ella revoloteando dentro de su mente y agitando su corazón? Felizmente el teniente Colin Goode está al tanto de todo, inclusive de todas sus preocupaciones.

¿Cómo entender todos estos sueños que parecen ser tan reales? —se pregunta mientras abandona la sede de comandos para recibir la información del equipo técnico de helicópteros. Él, es capitán «tigre», y por tanto, el comandante de esta nueva misión, que levantará su vuelo nocturno a las cero doscientas.

CAPÍTULO 2

Calle Falstaff. Sunnybank Hills

Queensland

Australia

Las primas hermanas Joetta y Danna Daniels han estado atentas a los días del calendario, pues dentro de dos semanas más, será el onomástico de John.

Hoy, desde muy temprano Joetta ha ensayado una nueva fórmula de un pastel de naranja, es de los preferidos por John, aunque enviárselo sería una locura, al menos, podrá mejorarlo para cuando él regrese.

—¡Apágala! ¡Danna apágala!

Danna sostiene entre sus manos, su nueva cámara de vídeo *Canon*, la está grabando, y Joetta tiene sus manos impregnadas de masa blanca.

—Hoy, siendo las nueve con veinte minutos de la mañana mi adorable prima ha sido descubierta por mi cámara, tratando de preparar un rico pastel para su amado John, este es el tercer intento, el primero fue un verdadero desastre, se quemó todo; Joetta se quedó dormida. El segundo, quedó como una masa crocante y de ninguna manera podría ser llamado pastel. En este tercer intento, Joetta está siguiendo al pie de la letra todas las indicaciones de su nuevo libro: *cocinando para un amor*; regalo que se lo di yo, para ayudarla a no fracasar en su futuro matrimonio, por no saber ni freír un huevo.

—¡Oh, ya cállate Danna, por favor, y deja de filmarlo todo!

—Bueno, no sabe freír bien los huevos, pero sabe preparar uno de los mejores pasteles de carne que he probado en mi vida. Lo recomiendo. Además: ¡Al Cesar lo que es del Cesar! Nadie hasta hoy puede superarla con su excelente *Pavlova* y su *Lamington* que están siempre para repetir una nueva porción. Así que, mi estimado John Stanek, te recomiendo no perder de vista a esta hermosa criatura, que con el gran amor que te tiene, se ha esmerado por aprender el secreto del mejor pastel de naranja.

Joetta muestra su lengua ante la cámara, en un gesto desaprobatorio de todo lo grabado por Danna hasta ahora.

»¿A qué hora estará ese rico pastel adorada prima?

—No te invitaré ni un solo trozo, Danna.

—Pero prima no seas así. Piensa que esta tarjeta puede caer en manos de John y…

—¿Serias capaz?

—Pero también, se puede «perder o borrar». Creo que esto último sería lo mejor. ¿Me he reconciliado contigo?

—Primero desconéctala y deja de filmar, luego hablaremos.

Danna accedió y dejó de grabar. Joetta ingresó su pastel al horno ante la mirada que seguramente… hacia «agua» la boca de Danna.

—¿En cuánto tiempo estará listo esta nueva fórmula? —preguntó Danna pero no obtuvo ninguna respuesta, solamente un gesto silente de su prima.

Joetta extendió la palma de su mano, como exigiendo que Danna le entregase la tarjeta memoria de la cámara. Su mirada parecía querer: ¡desaparecerla!

Danna de manera burlona miró al techo y se atrevió a decirle:

—Joetta, hoy no lloverá.

Joetta seguía seria, muy seria.

—Bien, te he entendido. Haré algo, borraré toda la grabación. Mira, procedo a hacerlo: uno, dos y tres. Esta hecho.

Joetta sonrió por unos breves segundos. Y luego, aún sin lavarse las manos; intentó abrazar a su adorable prima.

—No Joetta, no. Aléjate, aún no te has lavado las manos.

—Danna, pero si solo quiero abrazarte. ¿No despreciarás el abrazo genuino y sincero de tu prima, verdad?

—¡Hoy día sí! ¡Hoy día sí! Aléjate Joetta. Nooo…

Joetta la atrapó como un oso lo haría con su presa. En esos mismos instantes un amplio número de recuerdos le inundaron el alma. Como luz intensa y rápida apoderándose de su mente: recordaba a John. Liberó a Danna, y mientras se alejaba de ella parecía escuchar aquellas palabras, que le dijera una vez John Stanek cuando por primera vez se conocieron:

—«Al contemplar toda su belleza, nunca quisiera marcharme de *Australia*. Es usted la mujer más hermosa que he visto en mi vida».

Ese lenguaje concino para ella, el sonido adecuado de la voz al pronunciar cada palabra, que la llevaba a elevarse y flotar entre las nubes. La atrevencia que tuvo para abordarla y pararse frente a ella, deteniéndola con su cuerpo más alto. Hasta el arpado del alirrojo que cantó en el preciso momento, cuando él terminaba de decirle esas palabras tiernas. Todo parecía confabularse: el tiempo, él y hasta la naturaleza, para este encuentro que sinceramente la llenaba de alborozo.

—Gracias, es usted muy amable; pero... interrumpe mi camino.

—Nunca fue mi intensión hacerlo, le pido me disculpe.

Joetta salió aquella mañana de la casa de sus abuelos en *Kooya Road*, vestía de manera informal con sus acostumbrados jeans, una blusa celeste y zapatillas blancas. Pensaba visitar a un primo que no veía en mucho tiempo y vivía a tan solo cien metros de ahí; John Stanek, retornaba al *Campo Militar de Enoggera*, algo sudoso y cansado, luego de trotar algunos kilómetros al lado de estos extensos campos, fue en ese momento preciso, cuando el viento se detuvo y los rayos de sol parecían brillar más intensamente para ambos, cuando se conocieron.

—No se disculpe y siga su camino —replicó ella, como si no le importara él.

—¿Y cómo cree que me sentiré en todo lo que resta del día? Sabiendo que usted existe tan cerca de mí. Sabiendo que a través de sus ojos he podido ver el universo entero. Sabiendo que mi corazón dio un brinco al tenerla tan cerca y mis ojos se han deleitado al ver tanta belleza natural.

Cuando Joetta creyó escapar de este acontecimiento, esas últimas palabras la envolvieron en un sentimiento único, la sacudieron; era como una flecha atravesando certeramente su corazón, una flecha de amor hiriéndola en un suspiro, que se tragó para no delatarse ante este extraño pero simpático hombre. Las palabras de él se escuchaban genuinas y también lo eran. Ella sentía cuanto le acariciaron esas palabras.

—No me diga mentiras: yo no soy una mujer tan linda.

Joetta se apartó a un lado y siguió caminando. Él nuevamente la alcanzó para decirle:

—Y tiene usted razón. No es una mujer tan linda, sino una mujer divinamente hermosa.

Entonces ella alzó la mirada para verlo mejor y le sonrió.

—Sinceramente no me gustan las mentiras —dijo ella con un tono de voz suave sin quitarle la mirada.

—¿Por qué he de mentirle a un Ángel? —respondió él.

—Pues, usted me ha dicho que se marcharía de Australia.

—Antes que todo, mi nombre es John y es para mí un gusto conocerla.

Joetta dudaba en decir su nombre, pero finalmente aceptó para no ser descortés.

—Me llamo Joetta y solo he venido a visitar la casa de mis abuelos y me faltan pocos metros para llegar a la casa de mi primo.

—¿Joetta, es un nombre poco común?

—Así me han dicho.

Ambos ahora caminaban muy despacio, como tratando que todo se detenga a su lado: la brisa del viento, el rayo del sol y hasta el sonido de todo.

—Joetta, que suerte tener a la familia tan cerca. Mi familia está muy lejos, en *Gran Bretaña*, mis padres, a los que siempre escribo y me extrañan mucho. Por ahora, mi otra familia está aquí en la base militar, son mis amigos, los oficiales australianos.

—¿Y no tiene más familia: hijos, esposa?

—Aún no. Creo, que haber estado viajando tanto no me lo ha permitido.

—¿Y qué hace aquí en Australia, tan lejos de su país?

—Creo que puedo decírselo, no es ningún secreto militar. Participo en entrenar a un grupo de oficiales australianos en estrategias de uso de UAV para reconocimiento y combate.

—¿UAV y cómo se come eso?

—Jajaja —John rió por la ocurrencia de Joetta.

»No es ningún alimento. Son las siglas de Vehículo Aéreo no Tripulado.

—¿Cómo aviones a control remoto? —preguntó ella tratando de saber más.

—Es mucho más sofisticado. Aunque la idea se originó de los aviones de control remoto. Un UAV puede elevarse a una altitud de hasta sesenta y cinco mil pies y tener un alcance de doscientos kilómetros. En nuestro caso tienen aplicación militar, pero existen otras a las cuales también pueden ser destinados.

—Que instructiva clase de UAV, se lo agradezco John.

Joetta se detuvo, había llegado a la casa de su primo.

—Bien, me agradó conocerlo John, pero me tengo que ir.

—Antes de que se marche, déjeme invitarla a cenar y a bailar esta noche.

—¡Esta noche! Vaya que usted no se anda por las ramas, ¿verdad?

—La carrera militar me enseñó a no dar rodeos. Es la boda de un oficial australiano amigo mío. No conozco a nadie más aquí a quien invitar. Vamos, diga que sí. Será en *Brisbane*, en el *Customs House*.

Ese nombre. Ese nombre no podía ser verdad.

—¡En el Customs House! ¿Usted sabe lo que es el Customs House?

—Me han dicho que es uno de los edificios históricos de Brisbane.

—¡Es mucho más que eso John! ¡Ese edificio es una belleza! Bailar, cenar o escuchar un concierto, en sus bellos ambientes es siempre algo inolvidable...

John la interrumpió.

—¿Entonces... acepta ir conmigo a la boda de mi amigo?

Joetta contuvo su respuesta unos segundos, ciertamente deseaba decir que sí, mejor dicho lo hubiera hasta gritado, pues estar en el Customs House, en una noche de gala seria como cumplir el sueño de toda su vida. Sería algo para no olvidarse nunca.

—Por supuesto que acepto, aunque recién lo conozco. Pero me arriesgaré. —le respondió con una sonrisa en sus labios.

—No se arrepentirá, soy el capitán John Stanek, para servirla.

Esa mañana acordaron todo. Joetta compró un lindo vestido y sandalias para la ocasión, y esperó a John en la casa de sus abuelos.

Stanek, se presentó con su uniforme de gala de militar británico, exactamente a las cinco de la tarde, en punto.

CAPÍTULO 3

Para Stanek, existe algo que lo confunde. Los sueños con Joetta se manifestaron desde hace tres meses, luego desaparecieron por dos semanas y volvieron con más fuerza.

Joetta, ahora llevaba en brazos a una bebe, era sin duda alguna Suzette, ese es el nombre que acordaron ponerle si les nace una niña. No han pensado, ni sugerido hasta ahora ningún nombre de varón, pues están seguros que Dios los bendecirá con una niña.

Suzette es hermosa, una bebe muy linda como su madre. Pero esos sueños recurrentes se sucedieron hasta hace una semana, donde cual rostrada daga, se completaron clavándosele en el corazón y cortando su alma.

John, siempre creyó ser aquel hombre, al que Joetta sonreía y le entregaba a la bebe.

Pero suponer nunca es bueno, la certeza siempre es lo mejor, y él como militar lo sabe muy bien.

Aquel hombre en sus sueños siempre se mostraba de espaldas. Tenía su talla y corpulencia y él supuso, que era él. Pero en todas estas ponzoñosas noches, de abruptos despertares y de sueños repetitivos, pudo ver finalmente el rostro de ese hombre, y ese hombre... no es él.

Estas dos últimas noches, fueron de una agonía terrible, y no estar al lado de ella lo incrementaba todo aún más.

Joetta y aquel desconocido se besaban. La pasión se iluminaba entre ellos, estallando con un brillo sin igual de felicidad. Aquel hombre, cuyo nombre fue pronunciado por ella, lo hizo sentir terriblemente mal, su corazón aquella primera noche pareció reventar de palpitaciones aceleradas, más aún, cuando ella le decía: *Mi Frank Donovan, cuanto te amo. Gracias amor por llegar a mi vida.*

—Todo parece ser tan real en esos sueños. Ella es sin duda alguna mi Joetta; pero... ¡Quién mierda es Frank Donovan!

»¿Puede ser todo esto una visión del futuro? Un mensaje advirtiéndome que Joetta no hallará su felicidad a mi lado, sino al lado de otro hombre. Yo nunca estuve en esos sueños, yo no existo para ella. Y si existí alguna vez en su vida, y si alguna vez ella me amo, fue quizá en una época anterior a esta. Pero Suzette nacerá, la he visto; es tan linda, tan igual a su madre y Joetta pronuncia su nombre, como alguna vez lo acordamos. He visto a esa niña crecer y convertirse en toda una mujer. He sido testigo de toda esa secuencia de hechos y tiempos. ¡Dios mío que es todo esto!

John libera lágrimas que recorren los lados de su nariz recta, hasta llegar a su pronunciado mentón. Sus ojos pardos están tristes.

Una tristeza profunda, que parece traída por este viento ahilado de madrugada, despeina también los cabellos negros de John.

Hoy. Hoy puede presentir que algo le sucederá a él y tal vez, a toda su unidad. En esos sueños también ha visto esa terrible explosión, de la que quisiera conocer más, pero finalmente estos sueños, son como módulos de *Lego*... van armándose poco a poco.

Si todos esos fragmentos que hoy se han unido, muestran el futuro. Entonces él, no será ningún cobarde para postergar la misión, que dentro de dos horas más emprenderá en la región sur.

Los siete helicópteros terminan sus pruebas de rigor.

El sonido de los generadores conectados a los rotores, aún continúa inundando el silencio profundo de esa noche.

Como todo soldado antes de una misión, ha dejado redactada una sola carta; dirigida a sus queridos padres.

—Capitán. Los hombres lo esperan, señor.

—Gracias teniente. Enseguida voy.

Exactamente a las cero doscientas, la escuadrilla de helicópteros *Lynx*, protectores de los grandes portatropas *Chinook*, del comando denominado «Flechas de Acero», despegó de su base, para cumplir la misión.

CAPÍTULO 4

Frank llegó a la unidad de lesiones traumáticas y quemaduras del Mercy Hospital.

—Soy Frank Donovan de la estación cuatro. El día de ayer por la tarde, ingresó un paciente con heridas en todo su cuerpo. Solo quería saber… ¿cómo se recuperaba?

La enfermera le interrumpió.

—Así que fue usted el que lo trajo. Bueno, el paciente entró en estado de shock. Tiene quemaduras de tercer grado causadas por algún combustible o agente químico desconocido.

—¿Agente químico? —Frank hizo una mueca. Su entrecejo se volvió más notorio.

—Sí. La policía esta investigando —respondió la enfermera.

—¿El hombre está muy grave, verdad? —intuyó Frank.

—Así es. Los médicos no creen que pueda sobrevivir —le dijo la enfermera con un rostro de poca esperanza.

En eso. Danny Alpert lo encontró. Era una buena casualidad hallarlo ahí en la sección de emergencias.

—Frank, que suerte de hallarte. Acompáñame, necesito hablar contigo.

Danny lo llevó hasta su oficina.

—¿Qué sucede Danny? —le preguntó muy extrañado.

—Pues, que entre las ropas de la víctima, hallé su identificación, una fotografía de una mujer joven; entre otros. Es increíble que el fuego no los haya dañado.

—Supongo que será de ayuda para hallar a su familia —sugirió Frank.

—¿Ayuda? Más bien parece conducirnos a un laberinto, en el cual aún no puedo hallar la salida —respondió Danny preocupado.

El rostro de Danny Alpert era más redondo que en cualquier otra ocasión. Frank podía deducir, que algo extraño estaba sucediendo.

—¿Por qué? ¿Qué está sucediendo Danny? —le preguntó con un tono de voz más serio.

—Me acaban de confirmar que el tipo que salvaste ayer, *era* un capitán del ejército británico.

—¿*Era*? ¿Sigo sin entender?

—Frank, ese tipo se llama John Stanek y, está desaparecido desde hace más de tres años. Supuestamente su helicóptero fue derribado y se perdió todo contacto con él. No me han querido brindar más información en el *Consulado Británico*. Pero investigué por otra fuente, me dijeron que él desapareció durante una operación al sur de *Afganistán*. Su helicóptero, un *Lynx* fue derribado con sus cuatro tripulantes. Era un *SAS*, un hombre entrenado para operaciones especiales.

Frank, aún no puede asimilar toda la información mencionada por Danny, y este decide volverlo a la realidad.

—¡Frank me has escuchado, ese tipo esta muerto! Es muy difícil sobrevivir a la explosión. Su cadáver nunca fue hallado, por eso literalmente esta, como: desaparecido.

Frank pareciera despertar violentamente por la voz elevada de Danny.

—Disculpa Danny, yo…

—Frank, aún no he terminado. Creemos que es él, solamente por los documentos que hallaste, pues no hemos podido extraerle sus huellas dactilares. Y además, hallé esto...

El sargento Danny Alpert, le muestra ahora una hoja de papel a Frank, en ella está escrito: *Frank Donovan. Estación 4. Mercy Hospital. Pittsburg, Pennsylvania. EE.UU.*

Frank lo lee, no puede creerlo, se pregunta desde ya: ¿por qué este hombre que él recién conoce, tiene esta información?

La mirada de Danny está enfocada hacia los ojos de Frank.

—¿Por qué me miras así Danny? Yo no lo conozco.

Danny Alpert respira profundamente.

—Frank, ese hombre, de alguna manera trataba de contactarte. Todo es muy raro.

En eso, una enfermera los interrumpió.

—Sargento, debe de venir enseguida, la doctora Nicole Falcon quiere verlo. Es urgente.

Danny sospecha algo y le pide también a Frank que lo acompañe.

Ambos aceleran sus pasos hasta la unidad de cuidados intensivos.

Poco antes de llegar pueden escuchar gritos provenientes de la unidad de quemados.

—¡Soy el capitán John Stanek *Servicio Especial Aéreo*! ¡Necesito hablar con Frank Donovan, necesito hablar con Frank Donovan!

La doctora Nicole se muestra tan sorprendida como el resto del personal médico. Ese hombre, que ha sufrido quemaduras tan agresivas en la mayor parte de su cuerpo y que en estos momentos no debería estar despierto, parece estarlo, y eso, por toda su experiencia, es verdaderamente... ¡Imposible!

Frank ha escuchado gritar su nombre, por una persona que jamás en su vida ha conocido. Esta tan sobrecogido como el resto de la gente en esa habitación. Pero decide llegar a la verdad. Da un vistazo a Danny, quien le devuelve un gesto afirmativo y silente con su cabeza. Frank, entonces decide hablar con ese hombre. Hay una silla al lado de la cama, procede a sentarse en ella.

—Soy Frank Donovan: ¿en qué puedo servirle?

—A solas por favor, necesito conversar a solas con usted —la voz del hombre es ahora de una tonalidad tan delgada, que casi parece ahogarse, pero Frank acercó prudentemente su oído y logra entenderlo. Mira a Danny nuevamente y le comunica el deseo del agonizante. Todos se retiran de la habitación.

—Ya estamos solos, capitán Stanek.

Stanek, trata inútilmente de abrir los ojos. Pero eso será imposible, pues el calor ha unido todo el tejido de sus parpados en una masa roja. Por otro lado, tiene vendas cubriendo gran parte de todo su rostro y cuerpo. Debajo de esas vendas, una delgada capa de una crema especial contra las infecciones, resbala cubriendo sus llagas.

—Señor Frank. Gracias por ayudarme —le dice ahora con un sonido de voz aguardentosa, como la de un individuo que ha bebido demasiado licor.

—Era mi deber señor, lo hubiera hecho por cualquier persona, soy paramédico.

Stanek carraspea fuertemente, en un esfuerzo por aclarar su voz.

—¿Cuan feo estoy señor Frank?

—Creo que lo suficiente, como para que ninguna mujer lo quiera de marido.

—Me gusta su sinceridad, Frank Donovan. Es tal cual me lo imaginé.

"Es tan cual me lo imaginé". Esas últimas palabras en este sujeto, hacen meditar brevemente a Frank.

John Stanek realiza una corta pausa y luego continúa.

—Sé. Que deben de existir muchas preguntas rondando dentro de su cabeza. Trataré de responderlas, hasta que el tiempo me lo permita.

—Y yo, lo escucharé atentamente capitán —le dijo Frank con amabilidad.

—Debí hacerle caso a mis sueños. Fui un estúpido. Desde algunas horas antes de la misión, algo me decía que no saldría nada bien. *Ayer* escribí su nombre por primera vez, usted me es tan familiar, sobre todo en estas dos últimas noches, en que esos sueños me permitieron conocerlo, señor Donovan. También supe, que nunca más volvería a ver Joetta. Joetta es la dama de la fotografía, que siempre llevó al lado de mi corazón. Es mi novia.

—Capitán, dijo usted: ¿ayer? , y... ¿estas dos últimas noches? —Frank se mostraba ahora más intrigado.

—¿Por qué me pregunta usted eso, señor Donovan?

—Capitán. No sé cómo decirlo, pero; usted está desaparecido en acción desde hace más de tres años.

Silencio total en la habitación.

Silencio que es quebrado por la voz de Stanek.

—¿Más de tres años?

Stanek, por unos momentos se queda completamente mudo. Como analizando. Como tratando de asimilar cada palabra dicha por Frank.

—Ya veo. Y ahora lo comprendo todo. Todo lo que en aquella última noche se me mostró. Yo supuse que era otra de mis acostumbradas jaquecas. Pero ahora entiendo, que en realidad tenía que cumplir... *otra misión*. Ya no por mi país, sino por la vida misma. Señor Donovan, escúcheme bien, pues entonces no me queda mucho tiempo de vida. Lo que le voy a decir traspasa toda dimensión de entendimiento racional. Esa noche, puede verlo a usted y a Joetta, besándose en medio de una felicidad envidiable, y...

Frank le interrumpió de inmediato, pues para él, la conversación con Stanek se estaba saliendo de los límites normales de entendimiento.

—Capitán, eso es absurdo; yo no conozco a su novia —le respondió Frank algo molesto.

John, pareciera dar una ligera carcajada.

—Yo sí la conozco bien, y sé también que ella nunca me engañaría. Y en este momento también puedo experimentar el dolor que mi ausencia debe haber producido en ella. Más de tres años sin saber de mí. Es mucho tiempo. Mucho tiempo.

—Capitán, creo que debe de descansar —propuso Frank, como una forma de finalizar esa conversación de manera amigable.

—Escúcheme Donovan. Esa noche se abrieron puertas, puertas que me mostraron el futuro. Yo no debí subirme a ese helicóptero. Hoy, recién lo entiendo todo. Escúcheme por favor. Quiero que busque a Joetta. La vida de ella está en peligro y usted, solo usted podrá salvarla. Debe de encontrarla señor Donovan, pues al hacerlo, usted lo comprenderá todo y usted también hallará la felicidad. No puedo hablar más, siento que me ahogo. Señor Donovan, no estoy alucinando ni nada parecido. *La princesa Alexandra.* Sí, la princesa Alexandra lo guiará. Siga las pistas y encuéntrela. No la deje morir. Es el futuro el que me envió en esta misión. Es la vida surgiendo ante la muerte. Es…

Frank decidió concluir la conversación. Quería evitarle a Stanek un desgaste de energías y, por otro lado, consideraba que ya había hecho suficiente. Quería irse de ahí.

—Capitán, es suficiente. No puedo seguir aquí. Tiene que descansar —Frank fue más drástico.

—Lo entiendo señor Donovan. Para mí también en un principio, resultó increíble todo esto. Sé, que lo he incomodado; le pido que me disculpe. Solo permítame una última palabra. Si alguna vez, se encuentran usted y Joetta; dígale, que mi último pensamiento: fue para ella y, Suzette. No lo olvide. Prométalo señor Donovan.

—Discúlpeme capitán, tengo que retirarme.

Frank decidió salir de la habitación, en medio de los gritos de John Stanek:

—¡Prométalo señor Donovan! ¡Prométalo!

Al salir; la doctora Nicole ordenó de inmediato una dosis más de analgésicos. John, volvió a dormirse segundos después.

Danny se acercó a Frank.

—¿Hablamos en mi oficina Frank?

—Por supuesto, hablemos.

Frank y Danny retornaron a la oficina; durante el trayecto no hicieron comentario alguno. Al llegar, Danny sirvió café para ambos.

—Bien, ahora dime, ¿qué fue todo eso? —preguntó Danny muy serio de rostro.

—No sé qué pensar Danny. ¿Cómo saber que ese hombre es en realidad quien dice ser?

—Bueno. Te diré Frank, he visto tantas cosas en mi vida; pero no creo que un impostor quiera quemarse vivo; a no ser que sea un completo loco.

—Yo no lo conozco Danny, es la primera vez que sé de él, sin embargo…

—Sin embargo, ¿qué? —Por un momento Danny creyó que Frank le ocultaba algo.

—Sin embargo, veo a un hombre de carne y hueso y, sentí por un instante que hablaba con la verdad, pero eso sería como afirmar que este hombre llegó desde el mundo de los muertos, para darme un mensaje.

—¿«Qué te dijo entonces el capitán»?

—Stanek, si ese es su verdadero nombre, parece estar atrapado en el tiempo. Me dijo que *ayer* escribió mi nombre por primera vez y además, que antes de ello pudo; *verme*. También me dijo que nunca más volvería a ver a su novia Joetta, la dama de la fotografía que hallé entre sus documentos.

Danny Alpert, con tantos años en la policía y ahora otros como jefe de seguridad, sabe que aún existe *algo más* que Frank no le ha dicho.

—Vamos Frank, cuéntamelo todo.

Frank, se conoce bien y sabe que no es un hombre crédulo y menos un tonto; pero la voz de ese hombre en su estado agónico y toda esa historia, por un momento le hacen pensar que quizá, todo lo que ha dicho sea verdad. Y si fuera así, entonces…

Escuchó decir algo más a Danny, pero ya se le olvidó, pues aún en su cerebro parecen repetirse los baladros de aquel hombre, gritando a viva fuerza: su nombre.

—¿Qué me dijiste Danny?

—Pareces estar en otro mundo Frank. Te pedí que me dijeras todo. Tú sabes, dímelo todo.

—Claro que sí, total estas cosas solo me suceden a mí.

Realizó una pausa y decidió contarle todo lo demás a su amigo.

—El capitán Stanek, me dijo que al parecer aquella noche antes de su misión, se *abrieron puertas*, puertas que le mostraron el futuro. Me solicitó que busque a Joetta, pues la vida de ella estaba en peligro y yo, según él, le salvaré la vida. También mencionó algo que no comprendo, murmuró algo referente a una princesa llamada Alexandra, que ella me guiará, que debo seguir «las pistas». Danny, este tipo debe ser un loco de mierda. No hay otra explicación, me resisto a creer algo más.

Frank hace otra pausa y bebe su café. Un sorbo y luego otro. Enseguida decide continuar.

»Me expresó que al encontrarla, hallaría mi felicidad. La verdad no entiendo nada. También mencionó otro nombre de mujer: Suzette. Fue hasta ese momento que decidí, no continuar más.

Danny, lleva su mano derecha hasta acariciar su mentón. Está pensando. Quiere darle la mejor recomendación a su amigo, pero aún no sabe por dónde comenzar.

—Bien Frank. Te agradezco que confíes en mí. Enseguida voy a telefonear nuevamente al consulado, hace treinta minutos que quedaron en enviarme un especialista para atender este caso. De no hacerlo, mañana tendré que ir personalmente hasta el piso veinte del *One Oxford Center*, para sacarles la información. Considero, que por todo lo sucedido no deberías de trabajar hoy. Ve a casa, yo hablaré por ti en la Estación. Procura descansar.

—Tienes razón. Creo, que será lo mejor. Son demasiadas impresiones fuertes por el día de hoy. Me voy a casa. Nos vemos mañana.

—Hasta mañana amigo —Danny dio un fuerte abrazo a Frank, se despidieron.

CAPÍTULO 5

El abuelo Henry abrió la puerta. Ve a un hombre de uniforme, puede intuir que es quien viene a llevar a su nieta a esa boda. El oficial le habla:

—Buenas tardes. Mi nombre es John Stanek, tengo una cita con la señorita Joetta.

John, vestía esa tarde su uniforme de gala rojo del ejército británico. Por el lado de su corazón, algunas insignias y medallas.

Henry Daniels, era un hombre serio de mirada fija. Poseía entre sus guedejas más cabellos blancos que negros. Estaba retirado hace ya veinte años de la *RAN*, la *Armada Real Australiana*, conservando su grado de Contraalmirante. Durante su época, fue testigo de la evolución de la *HMAS Albatros*, o Estación Aérea Naval, localizada en el puerto de *Nowra*, en *Nueva Gales del Sur*.

—Pase usted. Mi nombre es Henry Daniels. Le ruego que la espere. Las mujeres siempre cuidan *todos los detalles.* Son como yo digo, las mejores militares en tiempo de paz. Siéntese aquí, por favor.

Stanek le sonrió. Tomó asiento en uno de los muebles de cuero color mostaza de la pequeña y acogedora sala. Aquel designado especialmente por el señor Henry.

Una visión rápida por el lugar, reteniendo en su memoria la ubicación de cada mueble, cuadro, escalera, alfombra, armario, vinos, puertas. A veces; es, la «mala costumbre» de ser entrenado como un miembro de operaciones especiales.

»Mi nieta me habló de usted. De su habilidad para convencerla en asistir con ella a la boda... de un militar amigo suyo.

—Efectivamente señor Daniels, así es.

—Llámeme Henry. Entre colegas de armas, merecemos un momento de confianza.

Ahora la mirada de John se detenía fijamente en un escudo de armas, ubicado unos cinco metros frente a él. Podía deducir rápidamente la intensión del abuelo Henry por guiarlo hasta ese asiento en especial; él, quería que lo mire con mucha atención.

El escudo de armas, representaba un *Albatros* volando con las alas extendidas. Su cuerpo de plumas blancas en un fondo azul intenso, como océano inmenso; rodeado de estrellas blancas, de forma idéntica a la bandera australiana; todo ello le otorgaba, desde luego, una sensación única de movimiento, limitados dentro de una circunferencia color oro. Encima de esta, una cinta negra y delgada, que en letras doradas y mayúsculas llevaba escrito: ALBATROSS. Más arriba, un diseño mostrando las velas hinchadas por el viento de una nave antigua. Debajo de la circunferencia, lo que parecen ser tres objetos: dos de ellos están cruzados uno encima del otro; son un hacha de piedra y una trompeta artesanal, y ambos yacen superpuestos a un *Búmeran*; aquel arma de aborígenes australianos, que por su diseño y perfil, tras ser lanzada regresa al punto de origen. Debajo de todo ello, otra cinta negra desplegada, conteniendo un nuevo mensaje en letras mayúsculas: EVER WATCHFUL o *Siempre Vigilante*.

John Stanek, sonrió nuevamente y, mirando al abuelo Henry le dijo:

—Nosotros en el SAS, tenemos también un lema: *Quien arriesga, gana.*

Después de que ambos mantuvieron por varios segundos sus miradas fijas; afloró entre ambos una sonrisa, inicialmente pequeña, hasta segundos después que terminó esparciéndose en potentes carcajadas. Henry dijo, mientras reían:

—Realmente sé, que mi nieta estará bien cuidada por usted.

John le respondió enseguida, mientras que una de sus manos tocaba el hombro de Henry.

—Puedo asegurarle Henry, que la cuidaré hasta con mi propia vida. Tiene mi palabra.

—Gracias John, por entenderme.

—No se preocupe, yo hubiera hecho lo mismo por mi nieta.

Nuevamente comenzaron a reír.

En ese preciso instante, Joetta deslumbraba a esos dos hombres de batalla. Lucia radiante, con su vestido largo y sandalias, que mostraban la hermosura de sus pies. Sus cabellos de un peinado sencillo, la hacían ver más bella.

Ambos caballeros se levantaron de sus asientos.

Henry silbó, por verla tan elegante y hermosa.

CAPÍTULO 6

Customs House resplandecía ante sus ojos.

El vehículo se detuvo en la entrada principal. Se encontraban en la *calle de la reina*. Un oficial abrió la puerta del coche. John bajó primero y extendió su mano para que Joetta pudiera bajar... con el cuidado requerido.

La belleza envolvente del atardecer era para nunca olvidarse. Un fondo cielo de arrebol. Un sol ocultándose y cediendo su brillo final a toda la majestuosa fachada, rayos dorados que llegaban rebotando de todos los edificios cercanos; casi sesenta metros de estilo victoriano frente a ella, en esta bella construcción del siglo XIX, perteneciente al patrimonio histórico de Brisbane.

Joetta se detuvo para contemplarlo todo. Este era un pedacito de historia australiana, rodeada ahora por grandes edificios de veinte pisos, de oficinas y apartamentos.

Su reposada mirada se elevaba ahora lentamente siguiendo la altura de las cuatro grandes columnas estilo *corintio*, que flanqueaban la entrada principal, mostrandole sus dos amplios pisos. Admiraba en silencio y detalladamente todo el cornisamento final de su estructura. Su mano seguía sostenida por la de John. Estaba tan impresionada.

Aunque había conocido Customs House en esos días de domingo, en aquellos conciertos organizados por la *Universidad de Queensland*, pero esto, era como ver la otra cara hermosa del lugar, esta sería la primera vez que sus pies se deslizarían por ese amplio salón de baile, en el cual tantas veces soñó estar.

John, en cambio, miraba fascinado el rostro de ella. Su piel blanca como espuma, un cuerpo tan espigado, cimbreño, juvenil; sus rojizos cabellos y esos ojos grises hipnotizadores, a los cuales miraría toda la vida sin cansarse.

Se sintió agradecido con la brisa suave, llegando con amabilidad, complaciéndolo al hacerle llegar el delicioso aroma de la piel de ella.

El oficial los interrumpió.

—Por favor, Adelante. Por la alfombra roja.

No respondieron nada y procedieron a caminar rumbo a esa alfombra roja, ese manto delicado que cubría cinco escalones.

Joetta miró a John y le dirigió unas palabras.

—John, al traspasar esa puerta nos encontraremos con un salón de juntas, una sala de reuniones, el salón de baile y un restaurante.

—¿Pareces conocerlo como la palma de tu mano? —le dijo sonriente y admirado.

—Custom House es mi joya predilecta John. No creo que exista en el mundo un lugar tan hermoso como este.

—Lo estoy descubriendo Joetta y, me gusta igual que tú —le respondió John, tan fascinado como ella.

Joetta, no se sintió de ningún modo acechada, muy por el contrario las palabras de John le agradaron. *Algo*, en este hombre le fascinaba, tal vez era el acento de su voz británica, los cuidados que tenia para con ella o esa mirada, que la dejaba sin fuerzas, era como experimentar el derretimiento de su cuerpo, tan igual como un helado de vainilla... expuesto al sol.

Cascabeleo de melodías llegaban a sus oídos. Joetta apuró el paso. John que la sostenía de la mano podía sentir su impulso por entrar y ser parte de toda la fiesta.

Cuando finalmente ingresaron, las miradas se posaron en ella, por más tiempo que en él.

Joetta opacaba con su hermosura incluso hasta la misma novia. Era de aquellas mujeres que no necesitaban de muchos adornos para hacer resaltar su belleza.

Todas las miradas se deslizaban desde sus pies hasta su cuello y ascendían suavemente hasta su rostro. Hasta parecía ser que la orquesta fue impactada de igual manera, pues las melodías dejaron por breves segundos de sonar. Ella no perdió su sonrisa angelical.

Su vestido de seda, era entallado a su esbelta figura hasta su cintura. Desde ahí, era un poco más ancho. De color coral pálido, se fundía majestuosamente con el color de sus ojos, una simbiosis perfecta de elegancia bien seleccionada.

Añadida a toda esta deliciosa cobertura, estaban sus sandalias de noche, confeccionadas de piel dorada con tacón aguja y centenares de pequeños cristales de *Swarovski*, que mostraban sus pies, en una anatomía perfecta.

El rojo uniforme británico de John, también resaltaba entre todos los reunidos ahí.

El novio, el capitán australiano Patrick Travers, reconoció a John de inmediato. Se acercó hasta ellos. La ceremonia religiosa se había celebrado dos horas antes, John nunca hubiera llegado a tiempo, debía preparar unos informes y supervisar un simulacro de vuelo por ordenador, por eso se excusó anticipadamente.

Patrick era tan alto como John, pero padecía de una severa alopecia, para un hombre de treinta y pico años. Su calvicie brillaba como un espejo reflejando cada una de las luces en ese ambiente de alegría, música y conversaciones de todo género. Era fornido, con una nariz de pájaro carpintero. Sera por eso que su nombre de combate era: *pájaro borni*, en relación a un ave de rapiña de la familia de las falcónidas, de pico robusto, plumaje amarillento en la garganta y pecho, de dorso pardo y color ocre en el vientre. A Patrick, siempre le gustaba vestir algo de color amarillo, decía que le traía mucha *suerte*, por eso sus amigos lo bautizaron con ese nombre. Sus ojos eran pequeños y complementaban certeramente su córvido rostro.

—Mi amigo británico John Stanek. ¿Qué joya más hermosa la que has traído a mi boda?, ten cuidado, te la pueden robar —le decía sin despegar los ojos de Joetta.

—¿Recuerda Patrick que ya eres un hombre casado? Te presento a mi acompañante, la señorita Joetta Daniels.

Patrick, parecía no escuchar las palabras de su amigo y se inclinó, sujetando muy suavemente la mano de Joetta y la besó delicadamente, diciéndole al mismo tiempo antes de liberarla:

—Es un placer tenerla en mi boda bella mujer. Soy el capitán Patrick Travers, a sus órdenes. ¿Estoy seguro que su nombre debe sonar a sinfonía de verano?

Joetta relajó sus labios, casi parecía aflorar en ella una leve sonrisa al responderle.

—Gracias a usted capitán por invitarnos, todo está bellísimo. Lo felicito y, nos gustaría conocer a la novia —Joetta deslizó una mirada rápida a John quien miró igualmente a Patrick, como confirmando la solicitud de ella.

—Por supuesto, vengan, les presentaré a mi esposa.

Esa noche conocieron a Margaret Stead, lucia también muy guapa.

Una hora después, los mozos llegaban a cada mesa trayendo platos con carnes cocidas, frutas y verduras. Abundaban también whiskies y vinos, estos últimos, netamente producción australiana, con sus cepas características de *Shiraz*, *Cabernet Sauvignon* y *Merlot* principalmente.

Después de un periodo de tiempo prudencial, la orquesta comenzó a tocar varios temas bailables, Joetta y John no se perdieron ninguna de las piezas. Ambos también se mantenían en buen estado físico, para resistir las oleadas rítmicas que los transportaban a vivir una noche de alegría y felicidad.

Desde luego, cada acercamiento de sus rostros durante las notas románticas, parecía destinado a que sus labios se encontrasen uno con el otro.

Pero el beso de aquella noche, resistido cortésmente o negado para no evidenciar la pasión; más por ella que por él, no sucedió durante el baile, sino cuando ambos decidieron caminar y conocer los diversos bellos ambientes del Customs House.

Admiraron, la imponente serenidad nocturna emanada del puente *Story Bridge*. El cauce tranquilo del rio, que parecía apaciguar momentáneamente sus espíritus, pero ineludiblemente preparándolos para descubrir y desatar en algún momento, ese encuentro de sus almas gemelas.

Joetta le propuso a John, escaparse hasta el balcón llamado *The Coles Myer*, desde ese lugar le garantizaba una vista única del puente.

Subieron sin que nadie se percate de ellos.

Al llegar, y mientras disfrutaban de esa espectacular vista, John tomó la mano de Joetta, ella se dejó llevar y lo que ambos deseaban, ocurrió.

—Joetta, no puedo explicar lo que me sucedió desde que te vi, era como si te conociera desde hace mucho tiempo. Yo…

Sus corazones brincaron en dúo acelerado por la emoción.

Un beso intenso, que derramaba pasión y locura misma. Un deseo que quemaba, esparciéndose vertiginosamente entre sus almas buenas. Labios estáticos y labios en pleno movimiento, presionados uno contra el otro. Jamás ninguno de ellos experimentó tal sensación que parecía bendecida por los únicos espectadores silentes, el cielo, las estrellas, y el rio, con ese sonido de su cauce ligero.

Ambos querían hacer durar ese beso una eternidad. No hacía falta ninguna palabra adicional, en el lenguaje del amor no se necesitan palabras, los corazones son los que nos guían, nuestros ojos son los que penetran hasta el alma misma, los que finalmente hablan por nosotros.

Pero tan rápidamente como la flecha de *Cupido* hincó el corazón de Joetta, ella recapacitó.

Se alejó de él bruscamente.

—No. Por favor. Bajemos.

—¿Qué sucede? —preguntó John con mucha sorpresa.

—Sucede, que tú te irás John. Tú te irás y yo me quedaré aquí. Me he comportado como una chiquilla. Nada de esto debió suceder.

—Pero sucedió. He sentido tu corazón latir junto al mío, con la misma fuerza, con el mismo ritmo.

Joetta bajó la mirada.

John tomó el pequeño mentón de ella y elevó suavemente la mirada de ella hasta alcanzar nuevamente la de él.

—No eres ninguna aventura para mí. Te doy mi palabra, que vale más que el oro mismo.

—Siempre he pensado que los diamantes valen más que el oro —replicó ella, cambiando el gesto de descontento que hasta ahora mostraba. John le sonrió.

—Es cierto que estaré aquí en Australia una temporada más, y…

Joetta podía presentir que ese «y…» traía una larga y pesada cola.

—¿Y, John? ¿Después qué? ¿Qué me quedará a mí? Recordarte, extrañarte en cada noche, rogar para que vuelvas pronto. ¡Dímelo! ¿Qué me quedará a mí?

—Después tengo que regresar a Afganistán. De haberte conocido antes jamás hubiera aceptado volver.

—¡Volver! ¡Cuántas veces has estado en ese infierno!

—No son veces… sino años.

Joetta llevó sus manos hasta cubrir sus oídos. No quería escuchar nada más.

John se acercó a ella y la tomó suavemente de sus hombros. Le hizo bajar las manos.

—Normalmente, solo podemos estar un máximo de seis meses. Pero en un puesto como el mío, eso muchas veces se extiende. Tal vez no lo puedes entender, pero allá afuera hay un enemigo, que no viste de uniforme militar como nosotros, pero que es capaz de matar a nuestros pueblos, siguiendo su alterada filosofía religiosa. Yo lucho para que la paz, siga existiendo en el mundo. Lamentablemente, no existe otra manera sino la de localizarlos y bombardearlos. Yo tengo que guiar a mis hombres con nuestros helicópteros. Esa es la misión que he realizado en todos estos años. Nunca me imaginé hallar una mujer tan maravillosa como tú, en este país. Ciertamente, lo que nos ha sucedido, cambia totalmente mis planes.

Joetta escuchaba cada palabra, pero esas últimas le molestaron.

—¿Eso soy, otro plan en tu vida?

John enarcó sus cejas. Joetta parecía no entenderlo.

—Creo que tiene razón, lo nuestro fue muy precipitado. Pienso que deberíamos de retornar a la fiesta.

Joetta no se movió. Le hizo saber que aún quería decirle algo.

—John, tú me gustas. Y me gusta también esta noche. Y este lugar será inolvidable para mí. Solo compréndeme. Tengo miedo de esa guerra y de lo que pueda sucederte. Si pongo mi corazón en tus manos... nunca quisiera perderte.

—Mi bella Joetta, no me sucederá nada, desde hoy me cuidaré más, por ti y por mí.

Un beso más intenso que el anterior, se apoderó de ellos.

CAPÍTULO 7

La escuadrilla de helicópteros *Lynx*, dirigidos por el capitán Stanek, protegió a los portatropas *Chinook* durante todo el desarrollo de la misión. La operación de inserción de los comandos en la zona asignada, se realizó con éxito y sin contratiempos.

Después de regresar a la base y cuando transcurrió más de una hora, las nuevas coordenadas de recojo de los comandos ya han sido determinadas en el mismo lugar.

Las nuevas coordenadas enviadas en clave llegaron a la base e inmediatamente John Stanek, da la orden de salida.

Los rotores de los siete helicópteros comienzan a emitir ese sonido que los caracteriza. Se puede sentir la vibración ejercida por todos los motores sobre ese terreno apatanado. El despegue será rápido, cada piloto conoce la importancia de elevar su nave en apenas siete segundos para que su visión termine por encima del peligroso vórtice, generado por las hélices levantando arena y tierra, con un ritmo que contiene velocidad.

Ahora la operación de extracción ha comenzado, y es tan peligrosa como la misma inserción.

Todos los helicópteros se elevarán hasta los cuatro mil pies de altura. Cada piloto ha recibido entrenamiento especial para conducir su nave durante la noche.

Durante la etapa de inserción, el helicóptero de Stanek fue el primero en aterrizar, ahora será el último, esas son las normas de los comandos.

—Bristol. Tierra. Roja. Nueve. Confirmando.

—Siguiendo menos diez nudos.

Cada helicóptero comienza a informar al líder.

Se han cumplido catorce minutos desde que dejaron su base y se acercan a la denominada: «zona de miedo».

El descenso comienza.

John se ha mantenido en alerta durante el vuelo. Todo su instinto de comando esta encendido. Sólo quiere pensar en el éxito de la misión y en traer con vida a todos sus hombres. El cielo allá arriba está realmente hermoso, lleno de tantas estrellas. Pero ahora sabe que no debió de verlo, al menos, no con tanto detenimiento. Ese infinito oscuro es como un remolino que penetra directamente al fondo de su cerebro. Como una flecha de tortura instantánea, el dolor comienza a fluir. Cierra sus ojos y mueve su cabeza, como quien tiene una jaqueca. Se producen visiones rápidas de su amada Joetta. Diferentes por su ritmo y tensión a todas las anteriores.

Dentro de sí, quisiera gritar que no es el momento. Pero su voluntad no puede detenerlos, los destellos de luz siguen apareciendo uno tras otro, armándose como un rompecabezas.

Luces que le impiden mantener abiertos los ojos, pero al cerrarlos, inmediatamente aparece el dolor, con sus innumerables imágenes.

Nuevamente otro y otro. Cada destello mostrándole escenarios diferentes.

Joetta luce un rostro triste y un corte de cabellos diferente, lleva puesto un vestido sencillo pero entallado, uno que nunca se lo había visto. Por un instante pensó que no era ella, pero como una película pasando frente a él, su corazón le confirma que es su amada; algo más delgada por cierto, pero es ella.

—Es, Joetta —dice él, pronunciando su nombre en voz baja.

—¿Qué dijo capitán? —pregunta el copiloto.

John no responde nada.

En esos momentos, descubre lo que esos sueños nunca le mostraron. Podría decirse que es el capítulo faltante para entenderlo todo, el epílogo de todas sus
visiones. Mostrándosele atraidoramente y con tal avole-
za. Un acto conminatorio y cobarde, revelándole a su
novia en un estado agónico.

—¡No! ¡A ella no! ¡Hazme a mí todo lo que
quieras pero a ella no!—lo pronuncia con fuerza y en
voz alta, el final de la historia se le ha expuesto, en el
momento menos oportuno.

—¿Capitán no le entiendo?

»Sargento ayude al capitán, algo le sucede —
dice el copiloto.

Stanek, se saca el casco, no puede más.

Enseguida, otra luz brillante lo sumerge de inmediato en otra visión diferente. Joetta ya no está ahí,
es él, quien aparece en esa visión. Esta dentro de un helicóptero. Lo ve igualmente todo y se llena de terror al
descubrir que este destino absurdo, le pondrá obstáculo
para ayudar a su amada. John sabe ahora que el momento de su muerte ha llegado.

»Descendiendo en dos, tres, cero.

Ahora John al fin ha descubierto, lo que era
aquella explosión que desde hace días atrás lo acechaba

y lo despertaba sudoso. La explosión se producirá al tocar tierra.

—Tenemos que elevarnos. ¡Ahora! ¡Elévese! —Stanek, conocedor de su futuro, da su última orden, pero es muy tarde.

—¡Capitán estamos descendiendo!

—¡Elévese!

Es tarde.

Varios disparos del enemigo provenientes de una colina cercana, impactan de forma certera el rotor de cola del helicóptero. El piloto no puede sostener el vuelo, no existe control alguno sobre el timón. La nave toda se estremece girando y precipitándose a tierra.

Stanek, sabe lo que ocurrirá en unos segundos, pero no tiene miedo, sólo tiene una inmensa rabia contra este ingrato destino, de donde quiera que venga y contra la muerte misma actuando con vileza, por mostrarle ese capítulo justamente en los últimos segundos de su vida.

—¡Maldita! ¡Volveré! ¡Volveré entiendes! ¡Volveré y la salvaré! ¡Joetta no morirá como tú quieres! ¡Maldita muerte!

Al estrellarse, el helicóptero genera una fuerte explosión, convirtiéndose en una inmensa masa de fuego vivo y fierros retorcidos, que iluminará por varias horas la noche en ese desierto.

SEGUNDA PARTE

Todo lo que sabemos del amor es que el amor es todo lo que hay.

Emily Dickinson

CAPÍTULO 8

Después de dejar a su amigo Danny Alpert y mientras recorre los pasadizos del hospital, rumbo a la zona de estacionamiento, un precipitado cordojo parece atrapar el alma habitualmente tranquila de Frank Donovan.

—¿Por qué no lo escuché? Ese pobre hombre solo debe tener unas horas más de vida. No existía en él ninguna fuerza de coacción para obligarme a realizar nada que yo no quisiera. No hubiese perdido nada con escucharlo unos breves minutos más.

Terminaba de preguntarse ello, sintiéndose tan mal consigo mismo, cuando una actividad inusual alertaba sus sentidos. Enfermeras y doctores, personal de seguridad corriendo por todo lado. Decidió preguntar a un médico:

—Disculpe. ¿Qué sucede?

—Un paciente desapareció. Se nos ordena evaluar nuestras secciones. Tengo prisa.

—Por supuesto. Siga.

El médico corrió perdiéndose entre otras personas vestidas de blanco.

Las tensas ondulaciones de su frente se relajaron, como cuando alguien descubre una verdad inmediata.

Su pensamiento originó un nombre: John Stanek.

Se unió al frenesí e igualmente corrió hasta la sección de quemados. Al llegar vio a Danny Alpert y a la doctora Nicole Falcon, muy preocupados. Frank decidió sólo escuchar.

—¿En qué momento la enfermera dejó la habitación? —preguntaba Danny tratando de «ordenar sus ideas» en esos minutos de tanta confusión.

—La primera enfermera cumplió mis órdenes, aplicó el sedante y se retiró. El paciente dormía. Luego de unos quince o veinte minutos, a la segunda enfermera le correspondía cambiar el suministro de suero del paciente, fue cuando no lo halló —respondía Falcon.

—Pero Nicole, si se le inyectó el sedante y la enfermera lo dejó durmiendo. ¿Entonces? ¡Tiene que haberlo ayudado alguien!

—¡Las cámaras de video vigilancia! —expresó Nicole, como un sugerencia viable para disipar toda duda.

Corrieron los tres.

El encargado de la sección de vídeo-vigilancia, ya había efectuado un rastreo anticipado, sin hallar nada anormal.

—Bien Ralph, dime lo que hallaste —preguntaba Danny rápidamente.

—Señor, he visto la cinta dos veces y el paciente no sale de la habitación.

—Eso es imposible Ralph, tiene que haberlo ayudado alguien. Estaba con una dosis que lo haría dormir varias horas.

—Véalo usted mismo señor.

Ralph, volvió a iniciar la cinta, justo desde el momento en que la última enfermera dejó dormido al paciente. Los segundos y minutos pasan y la puerta de la habitación de John Stanek permanece cerrada. Danny le solicita que acelere la cinta. Ralph cumple la orden. Aparece la siguiente enfermera. Exactamente diecisiete minutos y veintidós segundos después, tenía el deber de cambiar el suero. Se le ve que sale corriendo de la habitación a informar a su superiora. Luego de ello aparecen la doctora Nicole y posteriormente Danny, finalmente Frank.

Un silencio de Campo Santo ha inundado la sala de vídeo-vigilancia.

Frank decide romper con ese silencio.

—Danny, aún tienes la foto de esa muchacha.

Danny, deja de ver incrédulo la pantalla de computadora donde se ha reproducido el vídeo, ahora mira a Frank y le responde.

—Sí, Frank, aún la conservo. Está en el archivo del paciente. ¿Por qué?

—Me gustaría tener una copia.

Danny Alpert es responsable de la seguridad interna de cada paciente o visitante que llega al Mercy Hospital. Durante toda su vida, siempre al lado de la ley, jamás fue espectador de ningún hecho sobrenatural. Los había escuchado, pero ninguno como este. Las cámaras de vigilancia lo habían grabado todo, y dentro de ese «todo», la persona nombrada como capitán John Stanek, nunca dejó la habitación. Pero ahora ha desaparecido.

Nicole Falcon, hallará las palabras apropiadas ante el personal médico, para tratar de explicar la «desaparición» del paciente, haciendo que todo atisbo de duda se evapore de sus mentes y alentándolos a continuar trabajando, como lo han venido haciendo hasta ahora.

Minutos más tarde, Danny descubría que la fotografía de aquella muchacha llamada Joetta, que increíblemente no se quemó en el traje del paciente, también había desaparecido.

CAPÍTULO 9

Por estas épocas de invierno, Danna y Joetta; acostumbraban visitar la ciudad de Brisbane. Pero eso era antes, porque hoy una de ellas no podrá.

Aunque es posible hacerlo todo el año, pero las temperaturas frescas y las ausentes lluvias de estos meses de junio hasta agosto, le confieren un momento especial.

Sus visitas significaban pasear en bicicleta por el jardín botánico, admirando esos curiosos árboles de *Macadamias*, tan propias de esta región oriental. Luego abordaban el barco de vapor, y en la cubierta se trasladaban a *tiempos anteriores*, cuando estas naves eran movidas por paletas de madera. Acostumbraban también, observar en su recorrido rio abajo, diversas aves marinas, tratando de vez en cuando, de localizar a «don feo», un *dragón de agua* que una vez criaron juntas. Mientras era pequeño, se parecía a una lagartija, era muy delicado y juguetón, ambas lo cuidaban como ese «hijo» que algún día tendrían. Por él, se volvieron expertas en jardinería, sembrando diversas plantas para que él se sintiera feliz y se escondiera de ellas: *Dracaenas, Ficus, Potus, Philodendron.* Y muchas otras, que también se convirtieron en grandes arbustos. Pero *don feo* crecía y crecía, llegando a medir más de medio metro. Entonces sus padres les recomendaron «liberarlo», y una tarde de invierno como hoy, con lágrimas en los ojos y el corazón en la boca, lo dejaron marchar muy cerca de los manglares.

—¿Recuerdas cuanto lloramos por «don feo»? —le pregunta Danna a Joetta.

—Cómo olvidarlo. Era tan ágil, tan cautivador. ¿Recuerdas cuando entró a la casa del señor Smith y lo asustó? —evocaba Joetta.

—Sí. Recuerdo que el señor Smith vio su cola y pensó que era una víbora de cascabel. Fue ese día cuando lo buscamos por todo el jardín, una y otra vez, y él parecía esconderse hábilmente de nosotras.

—Jajaja —Joetta reía y su risa contagió a Danna. Cuando se calmaron Danna agregó:

—Sí, fue ese día que hasta la policía llegó y no nos creían que teníamos de mascota a un dragón de agua.

—Donde quiera que se encuentre, le deseo todo lo mejor. Ya debe haber hallado alguna «dragoncita» por ahí. Ya tendrá descendientes. ¡Ya somos abuelas! —gritaba Joetta.

—Jajaja —Danna no pudo resistir la gracia de Joetta. Reía y reía hasta más no poder.

Ciertamente Danna y Joetta eran inseparables.

Durante estos tres largos años, Joetta ha ido recuperándose de la desaparición de su novio, el capitán John Stanek. Del cual hasta el día de hoy, no tiene noticias. Solo sabe que su helicóptero fue derribado, pero ningún cuerpo rescatado en el lugar. Le dijeron que la situación de él, para su ejército, es la habitual en estos casos: *desaparecido*.

Pero Joetta siempre guarda una esperanza viva en su corazón, para ella John está vivo, sobrevivió a la explosión y tal vez fue capturado. Pero también en ciertos momentos, suele reconocer la existencia de esa dolorosa posibilidad: que nunca más vuelva a ver a su amado John.

—¡Vamos a Brisbane Joetta! —trata de animarla Danna, mostrándole esa sonrisa honesta, dado que en estos últimos días la ha observado algo decaída.

—Me gustaría Danna, pero no creo que pueda ser buena compañía. Mira mis tobillos, están tan hinchados; nunca me había sucedido esto. Además, últimamente suelo cansarme muy rápido, y siento que me faltan las energías, hasta para llevar una taza de café a mi boca.

—¿Crees que estés enferma? —le pregunta Danna con una expresión incierta.

—Realmente espero que no. Pero si esto persiste, deberé acudir al médico. ¿No crees?

—Por supuesto que sí Joetta. Para que volvamos a hacer rappel o escalar *Kangoroo Point*.

Joetta también rememora esos momentos lindos y le dice:

—Y caminar hasta las cuevas de *Lamington* o *Springbrook* y ver esas hermosas luciérnagas.

Durante la siguiente semana, el organismo de Joetta continuará mostrando cambios perjudiciales para su salud. La hinchazón aparecida en los tobillos se extenderá a su rostro, manos, y piernas. Luego comenzará a orinar con menos frecuencia y dormirá más horas de las habituales.

Sentirá en su boca un sabor metálico. Su apetito disminuirá haciéndola perder peso. Y sentirá mucho escalofrío, incluso en su habitación caliente.

Todas estas manifestaciones muy raras en su salud, harán que sus padres y Danna le insistan para llevarla a una consulta médica.

Mientras todo eso sucede en Australia. En Pittsburg, Pennsylvania, EE.UU., Frank Donovan ha tenido un sueño recurrente y muy extraño; y él, que se conoce muy bien, sabe que es de esas personas que son poco de soñar y menos de recordar los sueños.

Pero este sueño tuvo algo de especial, por eso lo recuerda más que los otros; pues si los anteriores le revelaban las alegrías de una muchacha que por primera vez había visto, este en cambio, le ha mostrado su sufrimiento, por la existencia de una enfermedad que padece, una enfermedad que la debilita día a día, y de no hallarle solución, ella inexorablemente... morirá.

Abre sus ojos, despertando bruscamente.

Mira el reloj en su mesita de noche. Faltan unos diez minutos para marcar las cuatro de la madrugada.

Los detalles de ese sueño lo llenan de inmediato. Y entonces, sin desearlo, sus labios pronuncian el nombre de ella:

—Joetta. Esa muchacha es... Joetta.

Algo en el interior de su pecho agita su corazón.

Su alma se estremece al preguntarse: ¿por qué llegó a esa conclusión?

Pero él lo sabe, claro que lo sabe; es algo que no se podría describir con palabras. Es un sentimiento indescriptible mezclado con la alegría de conocerla, pero también, de una tristeza infinita; por el sufrimiento de ella y… no poder estar a su lado.

»¿Por qué me siento triste?, ¿acaso por conocer que los días de esa muchacha tienen un final cercano? Pero yo no soy nada de ella, maldita sea, por qué me preocupo por una mujer que ni conozco.

Recuerda entonces esas palabras que John Stanek pronunció con tanto énfasis, cuando sabía que su vida se cortaría para siempre:

«*…Yo no debí subirme a ese helicóptero. Hoy recién lo entiendo todo. Escúcheme por favor. Quiero que busque a Joetta. La vida de ella está en peligro, y usted, solo usted podrá salvarla*».

—¿Por qué yo?, ¿cómo podré salvarla? —Y él mismo se responde— Soy el más estúpido de los estúpidos, me preocupo tanto y esto es solamente una pesadilla más.

Frank, meditará esto por un buen tiempo y piensa que al llegar hoy a su trabajo visitará primero a Danny. Cree que no pierde nada con narrarle a alguien sobre estos sueños. En otro momento se lo hubiera contado a su hermana Monalisa, su mejor confidente; su amiga, pero ella ya se encontraba en Nueva York, y solo restaba desearle lo mejor en su nuevo empleo.

¿A quién contarle estas pesadillas constantes?

¿A quién contarle de estos sueños donde aparece esa muchacha, que él podría asegurar es la tal... Joetta?

Esperó fuera de las oficinas de Danny Alpert.

Lo veía por los amplios cristales. Pero Danny aún no lo veía. No importaba el tiempo que se tardara en esa reunión con sus subalternos; lo esperaría, tenía que hablar con alguien; hoy.

La presión en las paredes de su cráneo era fuerte. El cerebro le golpeaba como una campana gigante.

Danny lo vio y le hizo una señal con la mano, era como decirle... ¡Que estas esperando, ingresa ya!

Su personal se retiró y ellos se quedaron a solas.

—Frank. Qué gusto verte nuevamente. ¿Cómo has estado? —lo decía mientras terminaba de darle un fuerte abrazo.

—Mal, muy mal —respondió él con un gesto de verdadero desagrado y Danny lo intuyó de inmediato.

—El caso del capitán Stanek. ¿Verdad?

—¿Vaya que adivinas? ¿O es que tengo un anuncio en el rostro que dice su nombre?

»Así es Danny. He tenido constantes pesadillas, no existe otra forma de denominarlas. Tú sabes perfectamente que yo casi nunca recuerdo lo que sueño…

Danny le interrumpió.

—¿Pero esta vez es diferente?

—Así es.

Frank bajó la mirada haciéndola flotar y paseándola por sobre todas las cosas del escritorio de su amigo. Deseaba tanto hablar de las imágenes de esos sueños con alguien, que ahora dudaba, pues; muchos dicen que los sueños… sueños son.

Pero en estos sueños existían «tantos detalles» que hasta podría dibujarlos, aunque siempre fue un mal dibujante.

Por esos sueños casi creía conocer la casa de Joetta en toda su dimensión. Su pequeña sala, un juego de muebles de un tapiz floreado color caramelo; tres cuadros grandes con escenas de mar y pesca, las pequeñas esculturas blancas y brillantes. Las cortinas color melón y esas ventanas grandes que le permitían ver su paisaje particular, tan generoso, un jardín lleno de césped y arboles. Sin duda un lugar tranquilo para vivir.

Los sueños se iniciaron el mismo día de la desaparición del capitán John Stanek; en un primer momento lo atribuyó a las circunstancias propias vividas esa mañana, pero la persistencia de estos, en cada una de las noches siguientes, le fueron revelando la historia breve de una muchacha, de ojos grandes color gris, cabellos largos y rojizos descansando onduladamente sobre sus hombros, algunas pecas mostrándose por su pómulo derecho y su nariz pequeña.

A él le cautivo verla en ese primer sueño; pero en los siguientes, la historia se precipitaba como una bella tarde con sol y el próximo, un atardecer con nubes oscuras, para luego terminar en una tormenta.

El rostro joven y alegre de Joetta, se volvía más flácido al igual que todo su cuerpo. Con ojos de apariencia «cansados», con «ojeras» cada vez más pronunciadas. Su voz de gorrión, se apagaba igualmente. Su agilidad se tornaba lenta. Parecía una estrella disminuyendo cada vez más su intensidad lumínica, como si toda esa fuente de energía y de vida, estuviera próxima a apagarse, siendo tragada por la inmensa noche.

Danny realizó una pausa antes de hablarle.

—Frank. Al día siguiente de la desaparición del «capitán Stanek», y no te asombres que lo nombre así, pues de alguna manera tengo que hacerlo.

—Te entiendo, sigue hablando.

—Bien, como te decía, al día siguiente llegó el enviado del consulado británico. Un mayor llamado Eddie Hewer. Me mostró una serie de fotografías de oficiales del ejército, solicitándome que entre ellas reconociera a nuestro capitán; traté de hacerlo pero no pude, fui honesto en decirle que el sujeto ya casi no poseía rostro. Luego le mostré el vídeo y me solicitó una copia. Le entregué lo que encontraste en sus bolsillos. Me agradeció y se marchó. Traté de averiguar más, pero simplemente me dijo, que sin la existencia de un cuerpo, el capitán Stanek seguiría como desaparecido. En realidad ese sujeto, me dejó con las palabras en la boca, pues tenía tantas preguntas por hacerle.

—¿Cómo dices que se llama?

—Aquí tengo su tarjeta: mayor Eddie Hewer, secretario del agregado militar, *Embajada británica. Avenida Massachusetts 3100, NW Washington DC.* Parece ser que el consulado de esta ciudad les derivó el caso a ellos.

—No dijiste nada de la fotografía de la novia del capitán, que desapareció igualmente ese día.

—Preferí no hacerlo, pues si ese tipo dice que «si no hay cuerpo no hay nada», te imaginas narrarle que también desapareció una fotografía. No quise meterme en problemas.

—Danny, necesito respuestas. Desde lo sucedido con el capitán no he podido dormir agradablemente como acostumbro. A veces, ya no quisiera cerrar los ojos, pues sé que soñaré en algo relacionado a esa muchacha. Sé que ese ella, aunque sólo la vi una vez en esa fotografía, pero podría estar seguro que estoy soñando con ella.

Danny agregó:

—Sé, que tú eres el más afectado pues lo auxiliaste y hasta hablaste con él. Pero pienso que todos estos acontecimientos solo constituyen un episodio de *esos* llamados: *paranormales*. Un episodio ajeno a nuestra realidad y tiempo mi amigo. Nadie sabe lo que hay más allá de la muerte física. Créeme, que he leído bastante en estos días, pues a mí también me afectó. Esta es la única explicación que he encontrado para aliviar en algo las innumerables preguntas que me he hecho desde aquella mañana; después de hablar con mi esposa, mis suegros y ciertos amigos, ya que no es algo que se pueda narrar a todos, pues te miran como si fueras un loco. Mientras los sueños acechan tu mente, a mí, la falta de respuestas me ocasiona tanta confrontación con todo lo que he aprendido hasta ahora. Por tanto, he decidido decir simplemente que la experiencia de aquella mañana, fue un hecho paranormal. Con preguntas que tal vez, nunca tengan respuestas: ¿Por qué ese capitán aparece después de cerca de tres años en territorio norteamericano? Alejado prácticamente más de seis mil ochocientas millas desde Afganistán. Por otro lado, averigüé con mis amigos y no existe ningún registro de ingreso al país de ningún John Stanek, ni hace una semana, ni nunca. ¿Cómo llegó hasta esta ciudad entonces? ¿Por qué apareció como una antorcha humana? Tan igual como si su helicóptero se hubiera estrellado recién. Tú y solo tú, contabas con los conocimientos para darle los primeros auxilios, de no haber sido así, solo hubiéramos recogido una masa de tejidos negros, sin vida alguna.

—Sé, que hay tantas preguntas Danny. Hasta yo me las he hecho. Al igual que tú, trato de darles respuestas…

Danny Alpert, sabía que no podía hacer más. Le dio el mejor de sus consejos.

—Frank. Quiero que tomes esas vacaciones que te deben y te vayas lejos de aquí. Busca un lugar, algún lugar paradisiaco lleno de mujeres lindas, arena, playa, sol, como *Cancún* en *México* por ejemplo. También puedes ir a buscar la historia; en esa ciudadela llamada *Machu Picchu*, en *Cusco*, en el *Perú*, o puedes irte más lejos, hasta las *Pirámides de Egipto*. También están las costas del *Mediterráneo* y un sin fin de lugares hermosos por conocer.

Frank guardó silencio. Luego le dio a Danny una sonrisa rápida.

—Tantas veces en estos días he querido olvidar Danny. Te diré, y tengo que decírtelo. En mis sueños he visto a Joetta. Sé que es ella. El corazón me dice que es ella.

Danny al escucharlo, relajo todas las ondulaciones de su frente. Como lo hace aquel que se ve sorprendido por una noticia.

—¿El corazón Frank? Mi amigo, no sigas haciéndote daño. La vida continúa con sus altas y bajas. Es como un mar y estamos en él, con nuestra frágil nave y ahora es el momento de llegar a la orilla y descansar. Sigue mi consejo, tomate esas vacaciones.

—Lo intentaré.

—¿Lo intentaré? Pues no saldrás de mi oficina hasta que me digas que lo harás. Que tomarás esas vacaciones muy lejos de aquí.

Frank lo pensó mejor. Su amigo podría estar en lo cierto: vacaciones.

Ciertamente no existía razón ahora para mentirle a Danny, pues le estaba dando la respuesta que él esperaba: viajar. Vacaciones. Conocer nueva gente. Hacer nuevos amigos y... *Londres*, no estaría nada mal para comenzar.

—Creo que tienes razón. Perdón. Tienes razón Danny. Me tomaré esas vacaciones muy lejos de aquí.

—Bien dicho, entonces cuando quieras puedes retirarte, estas curado de todo mal. Yo, tu amigo Danny Alpert te he dado el más sabio de los consejos —Danny sin duda mostraba su rostro de satisfacción, al dar una solución para su amigo.

—No lo dudes Danny. Te haré caso. Saliendo de aquí pediré vacaciones y luego buscaré un *tour* a alguna parte.

—Ya te estoy envidiando. Tú te vas y yo seguiré aquí. Qué esperas. Márchate ya.

CAPÍTULO 10

Embajada Británica

Avenida Massachusetts 3100, NW

Washington DC

Durante el vuelo, y aún ahora mientras es llevado a la embajada británica en un vehículo oficial, el mayor Eddie Hewer no deja de pensar en este hecho y en los *otros* que se han manifestado en diversas circunstancias, en relación a soldados desaparecidos, específicamente en Afganistán.

Posteriormente a la caída del helicóptero del capitán Stanek, un satélite de la CIA y los otros helicópteros de la escuadrilla, ayudaron en la localización exacta de los restos. Las fotografías del satélite determinaron que no hubo sobrevivientes y no fue necesario destruirlo; ya lo estaba.

Pero los restos del *Lynx* fueron llevados hasta el portaaviones ligero *HMS Illustrious*, donde una unidad de investigación del fabricante se hizo cargo, concluyendo semanas después, que la caída y posterior destrucción del helicóptero se produjo por daños estructurales en el rotor de cola de noventa grados. Hecho producido en pleno vuelo, por posible contacto de balas de alto calibre disparadas por un francotirador. Al estrellarse, explotó el tanque de combustible, incendiando completamente la nave.

Nadie sobrevive en explosiones de este tipo.

La escena podía advertirse hasta para el más bisoño. En una de las colinas cercanas, tal vez a unos quinientos o seiscientos metros, un *Muyahidín* escondido y armado con un rifle de precisión, lo dispara; con tanta suerte que da en el blanco; el *Lynx* cae y estalla, convirtiéndose en una inmensa masa de fuego en ese desierto.

Normalmente existen protocolos que cumplir cuando en una escuadrilla de helicópteros una de las unidades tiene problemas. Ese protocolo se activa de inmediato y consiste, en que algunas naves volarán en círculos alrededor de la afectada, protegiéndola, mientras que otra, —normalmente el líder de la misión—, buscará un lugar seguro para el aterrizaje de emergencia. Pero en este caso no hubo tiempo para nada de ello. Sólo se produjo el derribamiento.

Un teniente del helicóptero número dos asumió el liderazgo. Se dispararon cohetes CRV7 de setenta milímetros aire tierra, a la zona enemiga, la sobrevolaron en busca de los atacantes, pero el límite del combustible los obligó a retornar a la base. Todos manifestaron que no vieron ningún sobreviviente en los restos del *Lynx*.

Mientras que el vehículo que transporta a Eddie Hewer, deja el aeropuerto *Ronald Reagan* en dirección noreste, Eddie contempla a través de la ventanilla, el panorama de edificios de la calle *catorce sur*, activa su grabadora digital para avanzar algo del informe que presentará en una hora más, ante el despacho del agregado militar.

—Acudí a la ciudad de Pittsburg, Pennsylvania. Específicamente al Mercy Hospital, en base a la Hoja de Acontecimiento 021-B53 remitida por nuestro consulado de dicha ciudad. Ya en el lugar, tomé declaraciones del jefe de seguridad de nombre Danny Alpert, ex oficial de la policía, de la doctora Nicole Falcon, así como de dos enfermeras. No fue posible entrevistar al paramédico identificado como Frank Donovan.

Se detiene para escuchar lo que ha grabado y le parece bien. Decide continuar.

»El acontecimiento se originó en la denominada Quinta Avenida, ubicada muy cerca de la Universidad Carlow, adonde también acudí. En un hecho insólito, un individuo que dijo llamarse capitán John Stanek y pertenecer a nuestro ejército; que he podido corroborar igualmente, está en situación de desaparecido en acción, específicamente: Afganistán. Fue admitido en el hospital antes nombrado, con quemaduras de tercer grado, en rostro y cuerpo producidas por algún combustible o acelerante químico. El diagnóstico fue que no sobreviviría. No existió posibilidad alguna de obtener ninguna impresión de sus huellas dactilares. Tampoco hubo reconocimiento positivo de rostro de parte de todos los involucrados. Igualmente no existe cuerpo, dado que en un hecho extraño: desapareció.

Volvió a activar su grabadora, para escuchar nuevamente lo dicho. Creyó que debía terminar.

»Se adjuntan declaraciones firmadas, vídeos de seguridad y uniforme militar en estado original, que fue despojado del sujeto.

»Por tanto; solicito el archivamiento de la Hoja de Acontecimiento 021-B53, por no existir cuerpo, mencionando que de acuerdo al artículo treinta y dos, inciso «b» de nuestro código militar, lo dispone para continuar en estado de: desaparecido en acción.

El mayor Hewer, observa ahora el archivo de servicio del capitán John Stanek. Un hombre que supo ganarse congratulaciones diversas por su acción militar. Su valor nunca estuvo en «tela de juicio». Era un hombre honorable.

Hewer piensa ahora en los «otros acontecimientos», donde oficiales y soldados de diversos regimientos, se «aparecieron» después de ser declarados muertos o desaparecidos, en diversas circunstancias a sus esposas, hijos, padres o amigos. Pero este, era el primero, donde un oficial «se aparece» ante desconocidos. ¿Por qué? Se hace esa pregunta en el preciso momento que el automóvil ingresa a la embajada.

Ciertamente las palabras de Danny Alpert activaron en Frank Donovan el deseo de viajar. Pero no sería un viaje de *placer* como su amigo se lo recomendaba, sino de investigación; estaba dispuesto a dar con el paradero de Joetta; pero antes tendría que saber más y eso sólo lo obtendría con ese oficial británico de nombre: Eddie Hewer.

Después de una semana de constantes padecimientos y de haber sido espectadora silente, de cómo su peso disminuía cerca de ocho libras, Joetta Daniels se preocupó más que antes.

Definitivamente estaba enferma y, aunque le disgustaba que le extrajeran sangre, sabía que cualquier médico que la examinara lo iba a solicitar. Se preparaba mentalmente para la desagradable sensación de ese frío y delgado tubito de acero, penetrándole el brazo en busca de alguna de sus venas.

El día de su consulta con el doctor Iván Bramwell, llegó acompañada de Danna.

El consultorio del doctor Iván, había sufrido ciertos cambios. El color de las paredes era otro y habían aumentado los cuadros honoríficos, dispuestos en una de las paredes del lado derecho. Ciertamente se había perfeccionado en muchos congresos y eventos de su especialidad.

—Doctor Bramwell, buenos días —dijo Joetta con una voz muy disminuida.

Iván, casi no la reconoció. Era su doctor desde que ella tendría quince años, él también atendía a Danna.

—Buenos días Joetta: ¿Qué te ha sucedido? Danna, ¿cómo estás? Me la traes cuando parece que le ha pasado un autobús por encima —Joetta esbozó una ligera sonrisa.

Danna intervino.

—Doctor Iván, ya sabe cómo es ella, le gusta pisar hospitales sólo cuando esta con un pie en el más allá

—lo dijo en son de broma, mirando directamente a su prima.

Bramwell dejó su escritorio y le pidió a Joetta que se acueste en la camilla para auscultarla.

Con el estetoscopio escuchó los latidos de su corazón, el sonido de sus pulmones cuando ella los llenaba y vaciaba de aire. Luego, le tomó la presión arterial y finalmente, la hizo subir a la pequeña balanza. Bramwell advirtió de inmediato que su peso actual no guardaba relación con su talla. Algo estaba ocurriendo en el cuerpo de Joetta. Algo muy malo.

Todos volvieron a sentarse.

—Bien Joetta, ahora nárrame lo que te está sucediendo.

Joetta miró a Danna antes de responder, llenó de aire sus pulmones y le dijo:

—Hace unos días empecé a notar ciertos cambios en mi organismo. Antes orinaba con más frecuencia que ahora. Por otro lado, mi orina es espumosa, parecería contener mayor número de burbujas.

Bramwell la interrumpió para preguntarle:

—¿Has notado la presencia de sangre en tu orina?

—No doctor. No ha habido sangre.

—Bien, continúa.

—Siempre he sido una mujer muy activa. Ahora me siento fatigada y duermo más horas de las habituales. Mis tobillos y manos se hinchan muy a menudo. También he sentido náuseas y creo que he perdido peso por mi falta de apetito. Siento mucho frío y, recientemente un sabor metálico inunda mi boca, me hace hasta sentir mal aliento. Es horrible doctor.

Bramwell toma nota de todos los síntomas narrados por Joetta. Decide hacerle otra pregunta:

—¿Has tenido mareos o problemas de concentración?

—Hace una semana, cuando me levante de la cama, sentí un vértigo que parecía que la habitación me daba vueltas. Después no he vuelto a tenerlo.

—¿En tu familia existen pacientes diabéticos, hipertensos o con alguna enfermedad renal?

Joetta miró a Danna nuevamente, esta vez era una mirada de incertidumbre por lo que le preguntaba su doctor. Decidió responder.

—Mi tío, el papá de Danna es diabético. Es el único en mi grupo familiar. Mi madre sufre de hipertensión. Pero no existe nadie que sufra de los riñones.

Iván Bramwell la escuchaba con mucha atención y preocupación, Joetta mostraba los síntomas de una enfermedad que por nada del mundo él hubiera deseado para ella, pero que lamentablemente puede afectar a muchos. Para estar seguro de su diagnóstico, recomendó una serie de análisis que le darían la respuesta final.

—Estos son una serie de análisis que te harás de inmediato, en cuanto tengas los resultados, vendrás a verme. Veremos entonces cómo le damos solución al problema.

Joetta presintió algo de su enfermedad, decidió ser directa con Bramwell.

—¿Mi problema es renal doctor?

—Posiblemente Joetta. Pero como te dije, solamente el resultado del análisis nos ayudará a darle solución.

Se despidieron.

Al día siguiente Joetta fue citada para iniciar todos sus exámenes. Danna estuvo a su lado en todo momento.

CAPÍTULO 11

Frank reservó una habitación en el *The Hay-Adams*, un histórico hotel boutique ubicado en *Lafayette Square*. Desde hace tiempo tenía una invitación para hacerla válida con un descuento especial. Que mejor oportunidad que esta. Desde ahí se encontraba a tan solo doce minutos en automóvil de la embajada británica. El día aún comenzaba.

Ya instalado, después de ese vuelo relativamente rápido, realizó una llamada para fijar una cita con el mayor Eddie Hewer. La secretaria le transfirió:

—Buenos días, soy el mayor Eddie Hewer, en que puedo servirlo.

—Mayor, mi nombre es Frank Donovan. Yo; auxilié al capitán John Stanek.

Hewer, no pensaba volver a escuchar ese nombre nuevamente. Su informe ya había sido presentado al agregado militar. Todo estaba archivado. ¿Qué podría querer este sujeto?

—Señor Donovan, el caso del capitán Stanek ya fue archivado. Si usted desea agregar algo más se lo agradezco en nombre de mi país, pero ya no será necesario.

—Mayor; quizá no me expliqué bien. Yo hablé con el capitán Stanek. Estuve a su lado y...

El mayor Hewer fue cortante.

—Señor Donovan. Le agradecemos su interés, pero como le repito, no será necesario.

—¡Mayor Hewer, yo necesito hablar con usted! —Frank había elevado el timbre de su voz, no pretendió hacerlo, pero ocurrió.

—Señor Donovan. Espero que me comprenda. Le agradecemos su interés. Pero tiene que disculparme, dentro de algunas horas debo subirme a un avión y tengo mucho trabajo acumulado. Le agradezco su comprensión. Gracias nuevamente. Colgó.

Frank también colgó enfurecido. Y si el mayor creyó que ganaría esta batalla, estaba muy equivocado, pues él no era de los hombres que se daba por vencido tan fácilmente.

Indudablemente la negativa del mayor Hewer por escucharlo, lo había exasperado bastante, pero no hasta el punto de hacerle perder la razón.

Sin duda alguna, era hoy... o nunca.

Escuchó decir a Hewer que viajaría, eso significaba que posiblemente dejaría la embajada más temprano de lo habitual, seguramente iría a su casa, alistaría sus cosas de viaje, se despediría de su esposa e hijos. ¿Esperemos que este cretino acostumbre ir a casa antes de partir por una larga o corta temporada?

El plan de Frank sugería seguirlo e interceptarlo fuera del ambiente de seguridad propio de la embajada. Pero en su plan existía un lado «flaco», él no conocía al mayor Eddie Hewer.

Pero quien sí lo conocía, era Danny, pero hablar con él significaría contarle todo, escuchar un… te lo advertí, o… ¡qué diablos estás haciendo por allá!

No. Danny sería la última carta. Frank tenía que ingresar a la embajada argumentando un buen pretexto y conocer de alguna forma a ese mayor.

Mientras se le ocurría algo, dejó el hotel. Llevó sus binoculares y algo de su comida chatarra predilecta, unos *Snacks* que no eran otra cosa que plátanos fritos en rodajas finas y saladas, que llamaban «Chilfles» y se importaban desde *Perú*. Muchas veces sentía ganas de tomarse unas verdaderas vacaciones en este hermoso y exótico país sudamericano.

Solicitó un automóvil en alquiler, prefería uno pequeño, pues le recordaría a su viejo *Volkswagen*.

Las secretarias y secretarios algunas veces son más accesibles que sus propios jefes. La embajada estaba asumiendo investigaciones de personas desaparecidas, entre ellas, de militares. Entonces la vía más directa para ingresar era esa.

Con el nuevo automóvil se alejó del The Hay-Adams, siguiendo la *calle dieciséis* en rumbo norte. Luego viró a la izquierda para ingresar a la *calle uno*, nuevamente a la derecha en la *avenida Connecticut*, algunas desviaciones en las *calles Calvert y Rock Creek* e ingresaba a la *avenida Massachusetts*.

La embajada británica, apareció unos metros adelante. Pero existía otro problema. No se permitía estacionar vehículos en esa zona. La avenida Massachusetts era una amplia vía de doble carril en sentidos opuestos. Continuó conduciendo; para suerte de él, una residencia de tres pisos se encontraba en venta, giró y se estacionó ahí. El lugar le permitía una adecuada vigilancia. Unos cien metros lo separaban ahora de su destino.

Una vez leyó que los vehículos de colores oscuros: grises, negros o azules, eran los ideales para vigilancia, dado que se podían *mimetizar* entre muchos. Él tenía hoy un *Toyota* azul.

Bajó, llevando consigo su pasaporte. El momento de la verdad; llegó.

Minutos antes, para no despertar sospecha alguna, dejó en el parabrisas una tarjeta que decía: «*Estoy muy interesado en esta propiedad, por favor contácteme en el Hotel The Hay-Adams, 202-638-6600».*

La embajada tenía toda la arquitectura de una casa londinense de tres pisos. Las rejas permitían ver todo el interior; en primer plano el estacionamiento de vehículos, seguramente de los empleados y militares adscritos. Un guardia militar administraba el ingreso. Frank se presentó.

—Buenos días, mi nombre es Frank Donovan, un hermano mío de origen británico desapareció en Afganistán hace un año. Yo quería solicitar una cita para hablar con alguien que pueda informarme de la investigación. Me gustaría hablar simplemente con la secretaria o secretario encargados.

El guardia comprobó la autenticidad del pasaporte. Observaba minuciosamente la fotografía y a él. Le respondió:

—Señor Donovan. Los resultados de toda investigación solo se otorgan a parientes directos. Usted quiere que se le informe de uno de nuestros soldados: ¿pero usted es norteamericano?

Frank se mostró imperturbable por la pregunta del guardia. Su rostro serio no sufrió el más leve cambio, ni en su entrecejo pronunciado y casi siempre perpetuo, ni mucho menos en las líneas ondulantes de su frente. Se imaginaba todo esto como la más grande actuación de su vida.

—Como le dije, es mi hermano, nuestros padres ya fallecieron; soy por tanto, su único familiar directo.

El guardia volvió a mirarlo. Otras personas aguardaban para ingresar. Escribió entonces un documento con su nombre.

—Que le firmen este documento. Pase usted al segundo piso. La secretaria del Agregado Militar lo atenderá.

—Gracias —respondió él sin despojar su rostro de la seriedad ya investida.

Se decía a sí mismo, que ya estaba muy cerca de los... *colmillos del lobo*. Ahora todo era esperar que su suerte no cambiara abruptamente. El lobo tendría que vomitarlo pero no tragárselo.

Traspasar la barrera de seguridad, no había sido difícil. Existió mucha osadía en esa aventura. Ahora, con esa misma habilidad histriónica, tendría que actuar rápido para conocer el rostro del mayor Eddie Hewer.

El acto propio de la equivocación, es sin duda un buen argumento para muchas cosas, incluyendo abrir y entrar, donde no somos invitados.

Preguntó a una empleada, tenía que ser una empleada pues mostraba un distintivo con la bandera británica.

—¿Me encuentro buscando la oficina del Agregado Militar Adjunto? Podría usted, ser tan gentil y orientarme como llegar.

—Siga usted por este mismo corredor, es la última oficina del lado izquierdo.

—Gracias.

Su corazón se aceleró, por supuesto mucho más que hace unos minutos.

Como todo buen actor, estudiaba ahora el guion y los gestos para su siguiente intervención.

Bien; llegó hasta la puerta de la oficina del mayor Hewer. Esta era discreta, ni siquiera existía fuera, ningún letrero con su nombre.

Entonces, se armó de mucho entusiasmo, dio dos golpes suaves a la puerta e ingresó.

Al abrirla miró con atención y rápidamente. En aquella oficina solo existía un hombre con uniforme. Ese tendría que ser Hewer.

—Disculpe mi atrevimiento. Debo realizar una consulta a la secretaria del Agregado Militar.

El militar detrás del escritorio, le dio una mirada inmediata. Parecía asimilar su pregunta y organizar una respuesta. Aunque su rostro se mostraba aún sorprendido.

—Usted se ha equivocado, pero...

El militar dejó su asiento y caminó hacia él. Al llegar decidió salir con Frank al pasadizo, tenía la intensión de guiarlo acertadamente en su búsqueda.

—Es la oficina de allá —le dijo.

Frank tenía prendidos sus ojos sobre él. Memorizaba cada detalle: cejas pobladas, mandíbula cuadrada, tez blanca, ojos verdes, cabellos oscuros. Un metro setenta de estatura.

Frank Donovan cruzó la frontera de lo sinvergüenza. Se atrevió a agradecerle su gentileza.

—Muchas gracias, mayor... —lo decía en el mismo instante que le extendía su mano.

—Soy el mayor Eddie Hewer, para servirlo —respondió al saludo y también le dio un corto apretón de mano, de inmediato ingresó a su oficina y puso el cerrojo.

Frank sonreía disimuladamente, en el interior de su alma. ¿Pero? Aún faltaba algo. El documento que le dio el guardia, tenía que devolverse, firmado.

Entonces, entró a la oficina que Hewer le señaló.

—¿Usted debe ser la secretaria del Agregado Militar, verdad?

—Así es —respondió ella, con una simpática sonrisa.

—Visité al mayor Eddie Hewer, hace apenas unos minutos. Lamentablemente olvidé de solicitar su firma para este documento de seguridad. No desearía interrumpirlo pues sé que está muy ocupado. ¿Podría usted ser tan amable de firmármelo?

Por supuesto, dijo ella y agregó: ¿Algo más?

—He hallado todo lo que buscaba. Muchas gracias. Aunque…

Donovan el sinvergüenza, así tendría que llamarse desde ahora. Y claro, pensó que la amable secretaria de esta división administrativa, podía darle una información adicional.

»El mayor me dijo que hoy viajaba. Él, está muy entusiasmado con una invitación que le prometí. ¿Hasta qué hora cree que pueda hacérsela llegar?

—El vuelo del mayor está programado para las seis de la tarde, así que siendo las diez de la mañana, es casi seguro que él esté en la embajada, hasta poco más del medio día, puesto que ya no tiene nada en agenda.

Frank sonreía de oreja a oreja, pero sin manifestar esa sonrisa.

—Gracias, fue usted muy amable. Trataré de enviársela antes del medio día.

—Hasta pronto.

Al abandonar la embajada miró su reloj.

Fue donde su vehículo, caminaba lento. Ahí aguardaría vigilando con sus pequeños binoculares, hasta divisar… su objetivo.

CAPÍTULO 12

Dos días después de sus análisis, Joetta volvió a reunirse con el doctor Bramwell. La acompañaba su inseparable Danna.

En el consultorio, Iván no dejaba de ver los resultados. Su rostro no demostraba ninguna satisfacción, estaba más serio que de costumbre.

Joetta y Danna se dirigían miradas encontradas. Ya existía algo aterrador en el solo hecho del silencio del doctor Bramwell.

De pronto dejó de leer y cerró la historia clínica. Clavó a Joetta una mirada seria y a la vez de compasión. Le habló:

—Joetta, los análisis no hacen más que corroborar lo que ya temía.

Guardó silencio nuevamente, mirando a ambas primas. Continuó…

»Creo que hoy podemos dar respuesta a todo lo que te está sucediendo. Joetta, estas sufriendo de una IRC, también denominada *Insuficiencia Renal Crónica*. Por esa razón tu orina se muestra espumosa. Y al no poder tu organismo eliminar el fluido extra, este termina acumulándose en tus tobillos —por ahora—, pues el proceso de deterioro continuará incrementándose. Tus niveles de hormona *eritropoyetina*, se ha reducido a niveles inferiores; tu organismo no está produciendo la cantidad necesaria de glóbulos rojos y por tanto, tus células no reciben con ellos la cantidad de oxigeno vital para realizar sus funciones. Por esa razón es la fatiga y el sueño que presentas. Tus riñones ya no pueden limpiar con eficiencia los desechos de tu sangre, y esta se acumula en forma de *uremia*, produciendo ese mal aliento, e inclusive las náuseas y la pérdida de apetito. Tienes *anemia*, por eso sientes escalofríos y ese mareo del que me hablaste, que se presentó una vez al levantarte de la cama, se volverá a presentar, y esta vez con mayor intensidad, convirtiéndose en algo muy peligroso.

Joetta tragó saliva. Sentía que la tierra, se abría y trataba de engullirla.

Danna, igualmente sintió tanto dolor al descubrir la enfermedad de su prima. Ella más que Joetta, decidió preguntar:

—Doctor Bramwell. ¿Existe alguna solución para cambiar este devastador panorama en mi prima?

—Yo no me atrevería a decir que el panorama es devastador. Al contrario, soy de los que afirma que un paciente al que se le ha detectado IRC, tiene la mayor de las suertes, dado que una máquina de diálisis, puede hacerse cargo de sus funciones, mientras se espera el… trasplante.

Joetta y Danna quedaron mudas, petrificadas al escuchar esa última palabra: *trasplante.*

—¿Dijo usted, trasplante doctor Bramwell? — preguntaba una incrédula Joetta.

—Sí, esa es mi mejor recomendación: Joetta. Por ahora, deberás iniciar sesiones de diálisis, esto mejorará las funciones hoy disminuidas. Por otro lado, quiero ser sincero contigo, como siempre lo he sido con toda tu familia. Cuanto menos sesiones de diálisis tengas, mayor será el tiempo, que el nuevo riñón vivirá en ti.

—¿Qué me quiere decir doctor? Que incluso, con un trasplante… mi tiempo de vida será limitado.

Iván Bramwell había pasado por esto infinidad de veces. Pero su experiencia le había enseñado a ser verdaderamente honesto con cada uno de sus pacientes.

—Así es, Joetta; de hallar ese donante y habiéndose cumplido esa menor exposición a la diálisis, un paciente puede experimentar un horizonte de vida de alrededor de quince a veinte años.

Joetta cerró sus ojos. Lo aguantó todo. La sinceridad de Bramwell era un golpe doloroso, pero era lo
mejor. Al menos, tenía una buena expectativa de vida.
Y eso era bueno, a escuchar que le dijeran que su vida
terminaba mañana, o en algunas semanas.

—Cuando comenzamos doctor.

Bramwell, esbozó una sonrisa de satisfacción
por la decisión de Joetta. Siempre le agradaron los pacientes, que saben enfrentar valientemente las adversi-
dades.

—Te inscribiré de inmediato en el programa de
diálisis. Con respecto al trasplante, sugiero que sea de
donante vivo. El género del donante será fundamental,
debe ser varón, dado que en tu caso, la receptora es mujer.

—¿Por qué doctor Bramwell? —preguntó Danna.

—El varón posee mayor masa nefronal.

—¿El donante tiene que ser alguien de mi familia? —dijo Joetta.

—No necesariamente. Aquel que quiera ser tu
donante, será sometido a una evaluación inmunológica
y, con ella sabremos si existe nivel de riesgo posterior al
trasplante.

Todas las preguntas se hicieron. Las respuestas se dieron.

Danna y Joetta se despidieron de Iván, cuando él les entregó el programa de diálisis a cumplir.

CAPÍTULO 13

Pronto su reloj marcó las doce del día. Para ese momento se agotaba igualmente toda su comida chatarra.

A las doce con quince, un automóvil gris plata, abandonaba la embajada británica. En su interior una persona conocida para Frank Donovan, el mayor Eddie Hewer.

El vehículo tomó de inmediato la avenida Massachusetts en dirección noroeste; desde ese punto, Frank no le perdió el rastro, siempre manteniéndose en la distancia apropiada para no ser descubierto y ocultándose otras veces, entre otros vehículos de igual color o mayor tamaño que su Toyota.

Aproximadamente a unos dos minutos de camino, dejaba atrás algunas mansiones cuyas banderas desplegadas en su frontis, le hacían conocer que eran sedes de otras embajadas, así llegó a reconocer las de *Finlandia* e *Iraq*, luego ingresó a un ovalo y minutos después veía a su derecha la *American University Washington College of*

Law, finalmente luego de un total de nueve minutos y cinco kilómetros recorridos, Eddie Hewer detenía su automóvil frente a una linda casa de dos pisos. Salió de este y al cerrar la puerta la alarma se activó, con ese tuín, tuín, característico. Caminó portando su maletín. Al parecer el calor lo abrumaba pues no tenía el saco puesto. Simultáneamente de esa casa, una mujer joven abría la puerta y una niña de unos siete años salía corriendo para encontrarse con él y abrazarlo.

Sin duda, era el hogar del mayor Hewer.

Frank decidió aguardar unos diez minutos, tal vez interrumpía algo; el almuerzo, pero por otra parte, cada segundo cuenta, pues de no hacerlo, una mujer en algún lugar de este mundo, podría perder la vida.

Los diez minutos volaron.

Frank se decidió entonces por tocar el timbre del hogar de la familia Hewer.

En todos esos minutos, pensó y ensayó varias formas de iniciar un diálogo constructivo con el mayor, quien ya le dio muestras de no querer escucharlo; pero al dejar el automóvil: su mente se pintó de blanco.

Lo olvidó todo, menos como se llamaba este oficial del ejército británico.

Presionó el timbre y aguardó.

La niña fue la primera en abrir la puerta.

—¿A quien busca señor?

—Busco a tu papá. Puedes anunciarme.

En eso, apareció la señora Hewer, quien con un instinto protector de madre, se ponía por delante de su hija y preguntaba al extraño:

—¿Busca usted a alguien?

—Buenas tardes. Pues sí señora. Busco a su esposo el mayor Eddie Hewer.

Terminaba de decir ello y Eddie aparecía en escena. Les pidió a su esposa e hija que lo esperasen. Se acercó a la puerta. El sujeto que estaba fuera, le parecía conocido, creía haberlo visto hace unas horas antes. Ahora sí estaba seguro de haberlo visto. La expresión de su rostro se volvió más seria que de costumbre.

—¿Usted? Usted estuvo hoy en la embajada, ¿qué quiere?

—Mayor, le pido disculpas por mentirle en la embajada, pero tenía que conocerlo en persona y…

Eddie Hewer le interrumpió.

—¡Y usted me siguió!

Frank decidió que lo mejor era no responder a ello y sólo fue directo al punto.

—Tengo una fuerte razón para hablar con usted. Esa razón tiene el nombre de: capitán John Stanek.

Eddie Hewer lo entendió todo de inmediato. El individuo que tenia al frente era también el mismo que en horas de la mañana habló con él por teléfono. Frank continuó.

—Mayor, le pido disculpas por interrumpirlo en su hogar. También por seguirlo. Pero la experiencia de quienes vivimos ese encuentro doloroso con el capitán Stanek, marcó para siempre nuestras vidas. Usted no estuvo allí. Usted sólo se ha limitado a tomar unas declaraciones y recolectar un vídeo. Yo en cambio, hablé con él. Por unos pocos minutos, que me parecieron una eternidad, pero llegué a conocerlo. Y le agradezco a la vida mostrarme ese aspecto de ella; la de un hombre que regresó para cumplir con una misión. Por favor mayor Hewer, solamente le pido cinco minutos de su tiempo, después de ello me marcharé y usted no volverá a saber de mí nunca más.

—Usted dice que habló con él... ¿Cómo se llama usted? —le preguntó Hewer, esta vez con una voz poco pesada; parecía que el toro se estaba amansando.

—Frank Donovan.

—Frank Donovan, el paramédico que no llegué a entrevistar. Pues bien, hagamos entonces como que lo entrevisto hoy. Tiene usted cinco minutos. Ingrese y cierre la puerta.

El mayor Hewer habló algo en voz baja con su esposa, acarició la frente de su hija y orientó a Frank hacia la acogedora sala.

Eddie Hewer, quiso comenzar esa entrevista.

—Debo reconocer que tiene agallas Donovan. Eso me gusta en un hombre.

—Gracias. Le confesaré que cuando emprendí esta aventura nunca imaginé que me traería hasta aquí.

Eddie se dirigió al pequeño bar de la casa, y desde ahí le invitó:

—Es medio día aún… ¿Una copa Donovan, creo que ambos la necesitaremos?

—Sí. Creo que me hará falta.

Hewer sirvió dos whiskies en las rocas. Al entregarle su trago y arrellanarse en el cómodo sofá, fue directo y le dijo a Frank:

—Bien Donovan, le estoy escuchando.

Frank ingirió un trago, decidió tomarlo todo con calma. Los errores no eran permitidos.

—Alguien me dijo, que el helicóptero del capitán Stanek se estrelló y que nadie sobrevive a una explosión de esa magnitud. Que desde esa fecha esta como desaparecido. Pero; de alguna manera que ni usted ni yo conocemos, él se apareció frente a mí. Frente a mí, que estoy a miles y miles de millas, del lugar donde desapareció hace ya más de tres años. Cuando hablé con él, aún creía que todo había sucedido, apenas unas horas antes; cuando le dije del tiempo involucrado; guardó silencio y se admiró. Me confesó entonces que él, logró conocerme entre varios sueños. Mayor, quiero entender de la mejor manera todo esto, pero a veces… no puedo.

Frank lleva su mano derecha hasta tocar su amplia frente, como si un malestar lo agobiase.

Hewer lo animó a beber otro sorbo del whisky.

—No crea que no lo comprendo Donovan, yo también he pasado por muchos momentos como el de usted. Prosiga por favor. Le quedan cuatro minutos.

—Sí, por supuesto. Ese día el capitán Stanek, me dijo que él tenía una novia llamada Joetta, que de alguna manera que aún no entiendo, yo era el único que podría salvarle la vida. Me dio a entender que al hallarla encontraría con ella la felicidad.

Frank ahora elevó su vaso, haciendo un gesto, como invitando a beber a su anfitrión. Eddie le siguió. Luego, continuó con su explicación.

—Mayor. Lo que quería el capitán Stanek era salvar la vida de su novia. Yo no entiendo como son los engranajes que mueven nuestro universo. Pero pienso, que su amor por ella, era una fuerza tan poderosa que lo trajo nuevamente a nuestra realidad. Él, regresó para cumplir su última misión. Mayor Hewer, ambos podemos salvar la vida de la novia del capitán Stanek. Yo quiero que me ayude. Si yo tuviera acceso a su expediente, podría visitar a sus padres o a su novia. Podría cumplir con ese último deseo.

Eddie Hewer lo miró fijamente. Le dirigió unas palabras.

—Donovan. En los registros del capitán Stanek, hasta donde yo sé, no existe el nombre de ninguna persona llamada Joetta. Sí, existen registros de sus padres y de un hermano y algunos miembros de su unidad y nada más.

—Mayor. Necesito esas direcciones y teléfonos. Compréndame que solo quiero ayudar.

—Recuerde Donovan, que nunca se encontró ningún cuerpo que pruebe la existencia en ese hospital de un oficial de nuestro ejército. Tampoco se logró, el reconocimiento fotográfico de ese sujeto identificado como Stanek, ni del jefe de seguridad, la doctora o las dos enfermeras. Es un hecho sin explicaciones y sin ninguna prueba física.

Frank Donovan cerró sus ojos.

Se llenaba de paciencia, luchaba interiormente por no decir nada inapropiado que quebrara esta valiosa oportunidad de lograr algo beneficioso, para la misión que él mismo se había trazado. Se atrevió entonces a dar sus últimas palabras para convencer a Eddie Hewer.

—Mayor Hewer. Que sucedería, si usted hubiese estado en el lugar del capitán John Stanek. Qué tal si usted quisiera salvar la vida de su hija o de su esposa. ¿Acaso no lucharía por hacerlo? ¿Acaso no necesitaría de una tercera persona que lo ayude a completar esa misión?

Hewer guardó silencio y se limitó a responderle:

—Donovan. En mi posición, no podemos creer en suposiciones, sino en hechos. Los cinco minutos terminaron. Me disculpará, pero tengo un viaje por realizar dentro de algunas horas.

—Desde luego mayor. Gracias por otorgarme su valioso tiempo.

Ambos se incorporaron de sus asientos. Hewer lo acompañó hasta la puerta, ya casi por llegar a esta, le preguntó:

—¿En qué hotel se hospeda Donovan?

—En el The Hay-Adams, mayor.

—Buen hotel. ¿Hasta cuando se quedará?

—Hasta mañana. Mi vuelo sale para Londres poco antes del medio día. Creo que al llegar, sólo me quedará telefonear a todas las Joettas que pueda localizar en el directorio telefónico, o bien, a todas las familias de apellido Stanek. Con un poco de suerte hallaré a la novia del capitán o a sus padres.

—Hay servicios de búsqueda de personas. Son algo costosos, pero podrían ser una alternativa.

—Veré todas las posibilidades. Una vez más, gracias.

Mientras que la puerta se cerraba detrás de Frank, él trataba de entender el hermetismo con el cual el mayor se desenvolvía.

Aunque se contuvo de liberar su furia en varias oportunidades, ahora solo trataba de entenderlo. Igualmente se preguntaba el porqué nunca se incluyó el nombre de la novia de Stanek, en su expediente.

Bueno —se dijo— al menos, lo intenté. Quizá en Londres tenga mejor suerte.

CAPÍTULO 14

Frank cenaba en el restaurante del hotel; eran cerca de las siete de la noche. Previamente alistó sus maletas; casi todo lo tenía preparado para partir mañana bien temprano al aeropuerto y estar esas horas antes que recomienda la aerolínea.

En el restaurante, llamado *The Lafayette*, se comenzaba a reunir poco a poco, como cada noche, la élite de *Washington*. Frank se adelantó, reservó con anticipación una mesa para dos, desde donde se contemplaba la hermosa vista nocturna de la *Casa Blanca* y la *Plaza Lafayette*.

Estaba vestido con un elegante terno azul, camisa blanca y corbata gris con líneas amarillas inclinadas. Su presupuesto de estadía en la ciudad le permitía otorgarse como última noche esta agradable cena. Consideró que experimentar este placer le agradaría bastante, antes de abandonar su país.

Llevaba a su boca el último corte de la *suprema de pollo a la Maryland*, cuando el mozo dejaba en su mesa, el postre de manzana y miel que él consideró, era lo más tentador de la carta de esa noche.

La música de piano en vivo, otro agradable estímulo del restaurante y del hombre bautizado por todos, como, «el pianista favorito de Washington», Tom Vogt, cuyas prodigiosas manos sobre las teclas dejaban escapar melodías, que discurrían por todo el ambiente; aquellas notas de jazz clásico, le hacían sentir tan maravillado de estar ahí.

Pero en ese momento, parecía escuchar como otras tantas veces desde que comenzó todo esto, la voz de John Stanek, repitiéndole desesperado que salvara a Joetta…

…Escúcheme Donovan. Esa noche se abrieron puertas, puertas que me mostraron el futuro. Yo no debí subirme a ese helicóptero. Hoy recién lo entiendo todo. Escúcheme por favor. Quiero que busque a Joetta. La vida de ella está en peligro y usted, solo usted podrá salvarla. Debe de hallarla señor Donovan, pues al hallarla, usted lo comprenderá todo y usted también hallará la felicidad. No puedo hablar más, siento que me ahogo. Señor Donovan, no estoy alucinando ni nada parecido. La princesa Alexandra. Sí, la princesa Alexandra lo guiará. Siga las pistas y encuéntrela. No la deje morir. Es el futuro el que me envió en esta misión. Es la vida surgiendo ante la muerte. Es…

Frank se llenó de un escalofrío intenso.

Cerró sus ojos pensando en aquel pobre hombre llamado John Stanek y en todas estas extrañas circunstancias que de alguna u otra forma los conectaron. Pensó, en todo el universo y en la Tierra. En ese conjunto tan organizado de planetas de nuestra *Vía Láctea*, sus órbitas y hasta imaginó los cometas viajando de un extremo a otro de este cosmos. Pensó que todo ocupaba un orden y, surgió su pregunta: ¿cómo era posible que un hombre muerto pueda regresar a este mundo físico?, solo para pedir que salven la vida de su amada.

Una respuesta tocó su alma, era la única y la más evidente de entre muchas que se le ocurrían en ese momento: *el amor.*

Sí. La fuerza de su amor, era la única respuesta. Su amor por Joetta lo ayudó a traspasar todas estas fronteras, físicas o invisibles que existen entre la vida y la muerte.

De alguna manera el amor no se desnaturaliza, el amor trasciende. El amor, siempre seguirá siendo una buena razón… para regresar.

Las mesas a estas horas de la noche, lucían más concurridas que antes.

Miró el postre de manzana y miel, acomodaba el plato para tenerlo más cerca, y hundir la primera cucharada es esta delicia tan esperada, cuando llamó su atención un militar de aspecto joven dirigiéndose a hablar con el maitre.

Frank, dejó de mirarlos en el preciso momento que llevaba otra cucharada del postre a su boca y, volvió a mirarlos segundos después, mientras su paladar lo saboreaba todo. Ahora la mirada del maitre y la de él parecían enlazadas en la misma dirección. El joven militar también observaba su mesa. Ambos le miraban.

Frank pudo notar que el militar portaba en la mano, un sobre de tamaño A4, color de cubierta totalmente blanca. El joven militar lo seguía mirando y caminaba ahora en dirección hacia su mesa.

—Buenas noches, ¿es usted el señor Frank Donovan?

—Pues sí, ese es mi nombre hasta donde lo conozco.

—Vengo especialmente a verlo desde la embajada británica, por encargo del mayor Eddie Hewer; él me solicitó que entregue este documento en sus manos.

Frank recibió el sobre blanco y el joven militar, se retiró, no sin antes darle un saludo militar.

¿Podrá el mayor Hewer haberle cedido la información que él tanto necesitaba? —se preguntó y apuró el postre, nunca abandonaría esta delicia ni por el fin del mundo. Al terminar, subió de inmediato a su habitación, todo el contenido lo vería en la intimidad de esas cuatro paredes.

TERCERA PARTE

El sueño devora la existencia: es lo que tiene de bueno.
René de Chateaubriand

CAPÍTULO 15

Los documentos entregados por el enviado del mayor Hewer, parecían emanar algo de tibieza en las manos de Frank Donovan.

Su contenido no podía ser otra cosa que valiosa información a favor de su búsqueda, estaba seguro de ello.

El ascensor activó el sonido de llegada a su piso de hotel. Casi parecía correr al salir de este. Llegó a su habitación e introdujo la tarjeta codificada, abrió la puerta. Inmediatamente la cerró y sus manos ya abrían el sobre blanco.

Se apersonó hasta la mesita ubicada cerca de la ventana, se arrellanó en la silla y lo extrajo todo. Eran documentos fotocopiados; parte del legajo del capitán Stanek. Unas cinco hojas de tamaño A4.

Ahora podían verse mutuamente. El capitán vestía su uniforme en esa fotografía, Frank seguía leyendo; en esa primera hoja se añadía también el nombre y apellido, las bases y fechas donde sirvió. Todos los estudios recibidos desde que fue admitido en el ejército británico. Su calificación de oficial. En la segunda, datos relevantes a contactos de su unidad, así como familiares. En esas líneas se detuvo a leer con esmerada paciencia, ahí estaban las direcciones y teléfonos, correos electrónicos y números de apartados postales, de muchos oficiales que sirvieron a su lado dentro del comando británico. En la tercera, relación de contactos en diversos países... y vaya que tenía muchos: *EE.UU., Australia, Bélgica, Perú, Brasil.* Que por los rangos que aparecían en ellos, se podía deducir que eran contactos militares, con quienes se relacionó alguna vez. La cuarta hoja daba información de índole familiar; los nombres y apellidos de sus padres estaban ahí, eran James Stanek y Deborah McMillan y residían en la *avenida Napier*, en *Hammersmith*, Londres.

Aquí se detuvo nuevamente, este documento sin duda alguna le daba pistas para proseguir con la búsqueda de aquella mujer llamada Joetta, a quien cada vez parecía conocer. Estaba entusiasmado.

Pero cuando creyó estar más cerca de su objetivo, una bruma oscura parecía recorrer aquellas hojas. Buscó por todo lado el nombre de Joetta, estaba esperanzado que en la quinta página hallaría alguna referencia sobre ella, pero era tal cual lo afirmó el mayor Hewer, en esa sección solo se indicaba que John Stanek era soltero y sin hijos. Estrujó cada página en sus esquinas inferiores, volviendo a leerlas una y otra vez rápidamente. Sintió que recibía un golpe duro que fragmentaba su esperanza.

Frank lleva su mano izquierda hasta su mentón. Lo acaricia pensativo, sobre la incipiente barba que comienza a nacerle. La información sin duda contribuía a facilitar la búsqueda de Joetta, pero no con ninguna precisión.

—¿Alguien? Alguien de todos los mencionados aquí, debió conocer alguna vez a la novia de John, ¿pero cuál de todos ellos? Los padres de John seguramente sí, pero, ¿si estuviera equivocado? —se repetía en voz baja, creyendo que su misión podía fracasar.

Ahora el tiempo importaba para lograr el éxito. Decidió enviar correos electrónicos a todos los que conocieron alguna vez a John Stanek. En ellos les preguntaría, si pueden ayudarlo en la búsqueda de una novia de él. De lo importante que es hallarla.

La noche era joven todavía, y enviar todos esos mensajes no le tomaría mucho tiempo, puso manos a la obra, disparando a ese universo expandido llamado *Internet*.

CAPÍTULO 16

La vida de Joetta se sucedía en una espiral que le deterioraba la salud con cada día que pasaba.

Hace ya cinco meses que comenzó con sus sesiones de diálisis, tres veces cada semana a las ocho en punto de la mañana, una maquina filtraba su sangre reemplazando la función disminuida de sus riñones.

Terminaba agotada. Apoyándose en los brazos de Danna, en los de su padre o madre y caminando lentamente; deseando solo dejar atrás ese cúmulo de paredes frías y blancas, que parecían darle el golpe de gracia que faltaba para tanto sufrimiento. En muchas ocasiones se sentía ser la protagonista de un accidente en el cual un autobús la arrollaba, pero increíblemente, sobrevivía.

Por momentos se preguntaba por qué la vida la trataba así.

Para coronar toda esta tragedia, los donantes seleccionados fueron descartados, incluyendo a su propio padre.

Ahora ciertamente su vida dependía de una maquina y de hallar pronto un posible donador compatible.

Sus días de semana se precipitaban algunas veces en presión elevada, disminución de sus fuerzas, ganas inmensas de no salir de la cama, algunos mareos y hasta vómitos.

Pero si existía algo que aún le proporcionaba tranquilidad, era hallar que dentro de toda la ingravidez de sus profundos sueños, se encontraba muchas veces con John, quien siempre le sonreía y parecía decirle que todo pronto mejorará.

Vivía todavía la esencia oculta en algún rincón de su alma, que le brindaba vitalidad, aunque esta fuese diáfana y casi ya imperceptible como el inmenso amor que alguna vez se tuvieron.

—¿Por qué nunca apareció nada tuyo para mí? Ninguna carta, ningún mensaje. Nuestro último adiós fue ciertamente nuestro último adiós. Nuestro último beso, la última caricia de toda nuestra pasión. Todavía en ciertas ocasiones, cuando la noche cae o el día me sorprende caminando sola, creo sentir tu cuerpo junto al mío brindándome tibieza y protección. ¿Por qué te fuiste amor mío?, ¿por qué la vida se ha vuelto tan ingrata conmigo, ahora que tu ausencia es tan certera?

»Sé, que mis funciones disminuyen con cada día que pasa, aunque no me lo digan, pretendiendo que así estaré mejor. Esto es algo sobre lo cual no poseo el control. Yo solo poseía control sobre ti, podía hacerte reír conmigo, tomarte de la mano y acariciarte un sinfín de veces. Pero hoy; hoy que este laberinto no parece mostrarme la salida. Hoy que parece que el tiempo se acelera rumbo a ese túnel negro, solo quisiera que me tiendas tu mano y puedas guiarme hasta donde tú estás, y compartir juntos la eternidad, si ese es nuestro destino.

»Existen tardes que agradezco a la brisa suave traerme tu fragancia, o debe ser que la locura ya me atrapó, pues me dicen que solo es aire con olor a prados y flores de nuestro eterno verano australiano.

»Cuanta tristeza se añadió a mi alma en todos estos meses. ¿Parece que salí favorecida con algún programa del cielo, para dejar este planeta igual que tú a una edad tan temprana? Ya me conoces como suelo bromear, siempre me decías que veía la vida con una sonrisa y me envidiabas, pues parecía un desafiante sarcasmo… a cómo tú la percibías.

»Siempre te reías de mí cuando te decía que si yo fuese la piloto de uno de tus helicópteros, seguramente disparaba los cohetes antes de que me dieras la orden; pues no deseaba ser derribada.

»Oh mi amor: ¿dónde te encontrarás ahora? Muchas veces me hago esta pregunta y siempre me doy la misma respuesta. Debes estar rodeado de árboles y sol, de cielo azul y reposado silencio. Debes escuchar el canto de las más primorosas aves y el murmullo delicado de algún riachuelo. Y en las noches, debes tener a todas las estrellas brillando para ti; y me pongo celosa al saberlo, pues yo no puedo estar allí, ni ser una estrella, ni el sol, ni el árbol, ni mucho menos el riachuelo.

»Cada sesión de diálisis es una tortura lenta que me estremece el cuerpo. Sé, que si estuvieras conmigo me dirías que tenga valor y enfrente mi destino, pero una cosa es decirlo y otra sentirlo. No sé, cuanto más pueda resistir, me siento cada vez más pequeña e inexorablemente de seguir así, pronto me evaporaré.

»Cómo ves amor, aún no ha desaparecido en mí la gracia de reír. Imagínate, que ciertas veces ya he pensado en mi adecuado epitafio: ¡Piloteó su vida, hasta que se estrelló! ¿No suena mal verdad? Creo que lo encargaré pronto, pues al ritmo decadente en el que me encuentro, esto deberá de suceder… más temprano que tarde.

»Sí mi amor, la esperanza es lo último que se pierde; pero sucede que mis tres esperanzas fueron rechazadas como mis posibles donantes. Entonces esa regla que dice *que a la tercera va la vencida*, tampoco funciona para mí.

»Ya no tengo más donantes y cuanto más tiempo pase unida a esta máquina, menos años de vida tendré, después del trasplante. Me dicen que el promedio de vida es de quince a veinte años con un nuevo reemplazo. ¿Crees que pueda batir ese record mi amor?

»A veces trato de interpretar lo que el movimiento de tus labios me quiere decir en esos sueños, en esos cortos segundos en los que te me has aparecido, con la sonrisa cálida de la primera vez cuando nos conocimos; pero totalmente ausente de tu voz. Y al alejarte, lo sigues diciendo. Sabes que soy un poco tonta para descifrar tus palabras silentes, pero al hacerlo, no las comprendo, pareces decirme algo tan contradictorio: *espéralo, ámalo*.

»¿Qué puede significar: espéralo, ámalo?

»¿Esperar qué? ¿Amar a quién?

»¿Acaso se puede volver a amar después de haber amado intensamente? ¿Acaso puedo grabar en mi corazón el nombre de otro hombre, teniendo aún el tuyo presente?

»Espéralo. Ámalo. ¿Qué hombre se fijaría en una mujer como yo ahora? Casi soy una piltrafa humana. Ya me están apareciendo canas, y mi cuerpo se ha adelgazado tanto que mis senos ya parecen unos perfectos huevos fritos. He enviado mucha de mi ropa a la costurera, para que le otorgue mi nueva medida: súper delgada. No lograda a base de ninguna dieta mediterránea o excéntrica, sino de una increíble maquina que me extrae la sangre y me la vuelve a inyectar, en un ciclo perfecto de tiempo.

»Si supieras que hoy, tres enfermeras no pudieron dar con mis venas, estas también han desaparecido de tanto hincarme e hincarme. Mejor que no veas mis brazos, pues puedo competir con cualquier drogadicto y ganarle, por ser la mujer que más marcas azules y verdes posee para demostrarlo.

»¿Habré realizado la adecuada interpretación de tu mímica? Me siento tan torpe en esta mañana. Tan cansada.

»Espéralo. Ámalo. Pero si esas son tus palabras, entonces, ¿crees realmente que podré amarlo? Abandonar para siempre tu recuerdo, para ponerme a pensar en un nuevo cariño. Estrenar entonces otros besos y nuevas caricias. Volver a decir: *te amo.*

»Pero lo que suceda, sucederá. Tal vez, ese sea mi destino, amar y ser amada por segunda vez. Gracias John por tus palabras, me otorgas fuerza en estos momentos de flaqueza. Gracias mi amor, donde quieras que te encuentres.

CAPÍTULO 17

Durante su vuelo de siete horas y diecisiete minutos sin escalas desde Washington hasta el *aeropuerto Heathrow* en Londres; Frank Donovan planificó todas sus actividades a realizar en esta ciudad.

Un plano de la zona céntrica y turística de Londres le ayudó a conocerlo mejor. No alquilaría ningún automóvil, utilizaría el servicio de taxis; era lo mejor.

Llegaría de noche, no tendría mucho que hacer hasta el día siguiente.

Ya desde el The Hay-Adams logró contactar al papá de John, el señor James Stanek. Tuvo suerte, pues de no haberlo telefoneado, él hubiera viajado con su esposa al día siguiente hasta el sur de *Dorset*, al puerto deportivo de *Weymouth*, donde tienen un yate en el cual acostumbran pasar ciertas temporadas.

Toda la suerte del mundo aún parecía estar de su lado; los documentos enviados por el mayor Hewer, la llamada a Londres. Todo marchaba a pedir de boca.

El padre de John Stanek, se mostró en todo momento muy receptivo y preocupado por ayudarlo. Mucho más cuando él le dijo su nombre y, el señor James, mencionó que le parecía familiar, pero aún no recordaba el porqué.

Desde Washington también reservó por Internet, un hotel de precio módico de tres estrellas en la zona noroeste de la ciudad. Ahora Frank, sí parecía querer ahorrar, por si se presentaba algún imprevisto. Frank era sin duda... la contradicción perfecta.

El hotel que reservó era el *Norfolk Towers*, un lugar que por lo ofrecido y calificaciones de clientes parecía ser el más apropiado. La habitación le costaría unos sesenta y ocho dólares por noche.

Después de la reserva, envió todos los correos electrónicos a las personas que conocieron a John, indicando además: su tiempo de estadía en la ciudad de Londres y el nombre del hotel, teléfonos. Con suerte, sabría más de Joetta, tal vez su apellido y así podría encontrarla en alguna de las muchas ciudades británicas. Eso pensaba él.

Esas siete horas y diecisiete minutos en el avión, lo traían literalmente... muerto.

Sintió mucho alivio cuando llegó al Norfolk Towers, le tenían reservada la habitación g7. Definitivamente el cambio era abismal, comparado con las cinco estrellas de Washington. En este hotel el dormitorio no era tan amplio pero existía un buen armario. El baño era adecuado. Las zonas comunes eran limpias. Estaba muy bien decorado y el servicio de atención era muy bueno. La ubicación por otro lado, según pudo observar en Internet era estupenda, muy cerca de *Kensigton Gardens*, restaurantes, Pubs, y a dos minutos de la estación *Paddington.*

Se duchó y de inmediato, se acostó para recuperar fuerzas.

El día siguiente amaneció lluvioso, Frank se agradeció de traer ropa abrigadora. Con sus accesorios de guantes, bufanda y abrigo y un pequeño maletín de cuero negro, salió del hotel exactamente a las nueve de la mañana. Un taxi ya lo esperaba en la puerta. Media hora después, tenía fijada la cita con James Stanek.

—A la avenida Napier en Hammersmith —dijo al conductor apenas subió y se acomodó en el asiento posterior.

El taxi tomó dirección suroeste, bordeando el *Hyde Park* recorriendo a velocidad razonable por algunas calles amplias y otras estrechas. En solo quince minutos el chofer le informaba que ya estaban llegando.

Para sorpresa de Frank la avenida Napier parecía una marcada frontera entre el Londres conservador del 1900 y tantos, con el del siglo XXI.

A su derecha se levantaban edificios modernos de nueve pisos. A la izquierda, todas eran casitas típicas londinenses de dos pisos y techos cortos a dos aguas, con sus chimeneas esgrimiendo al cielo.

El conductor detuvo el taxi, exactamente en el número indicado.

La casa que Frank tenía frente a él, era la única no pintada de blanco. En su lugar mostraba la textura en alto relieve del ladrillo en sus dos pisos. Pagó, lo que marcaba el recorrido, no creyó prudente detener al chofer haciéndolo que lo espere. Le agradeció y se dispuso a tocar el timbre de la casa de la familia Stanek.

—¿Señor Stanek?

Saludó a la persona que abrió la puerta. Aparentaba tener unos setenta años, de buena apariencia física y rostro afable; sus cabellos totalmente blancos, su frente corta, no tan alto como él, pero si mantenía su corpulencia. Vestía informalmente unos pantalones oscuros, y una abrigadora chaqueta marrón de mangas largas. Le respondió igualmente. Parecía estar contento con esa reunión.

—Señor Frank Donovan. Adelante.

Dentro, esperaba sentada en el sillón de tres cuerpos la esposa de James, de nombre Deborah. De talla bajita y cabellos teñidos en colores que tocaban el cielo. Le sonreía. James se la presentó. Todos se sentaron en la pequeña pero acogedora sala, con la chimenea ardiendo, en ese ambiente cálido que recordaba a un hijo bueno que ya no estaba.

Fue James, el primero en intervenir.

—Señor Frank, mi esposa y yo nos sentimos muy confortados por la visita de un amigo de nuestro hijo John.

Frank se sorprendió, las líneas onduladas de su frente parecían delatar aquella expresión, pues en realidad él no era un amigo de John Stanek, solo se consideraba una persona tratando de ayudar a otra, solo eso.

Pero, ¿cómo explicarlo todo? Cómo explicar la hórrida forma de conocer al hijo de ellos. Un hombre envuelto en llamas cruzando frente a su automóvil. Un hombre sobreviviendo a aquellas quemaduras de tercer grado, prácticamente agonizando y al día siguiente pronunciando fuertemente su nombre, tan fuerte que aquella voz parecía quebrar adecuadamente, todas las otras voces, murmullos o silencios, en la habitación de la unidad de cuidados intensivos del Mercy Hospital.

¿Explicarlo todo?, no sería comprensible para ninguno, así que Frank decidió simplemente afirmar que James y su esposa tenían razón.

—John, fue un gran amigo mío. Un hombre con una vitalidad y entrega al deber, más allá de toda circunstancia y tiempo. Y digo tiempo, pues sus palabras y su forma de ser para ayudar a otros, es algo que nunca olvidaré.

Los esposos Stanek se tomaron de la mano.

Escuchar decir esas certeras palabras describiendo a su hijo, los conmovió maravillosamente. Los ojos de la señora Deborah precipitaron lágrimas al recordarlo.

James le acercó un pañuelo y le acarició suavemente las sienes.

La conmovedora imagen de los esposos Stanek frente a él, que en unos segundos más, le muestran como James la envuelve entre sus brazos y la cabeza de ella descansando cerca de su hombro, le hacían ver a Frank el perfecto cuadro del amor eterno en una familia unida; que debe haber sufrido tanto desde la abrupta desaparición de John.

Frank recordó su misión. Apartó toda emoción y decidió preguntar:

»Señor Stanek.

—Llámeme James, por favor —replicó el padre de John.

—Bien James. Quise visitarlo pues estoy reuniendo información de muchos combatientes británicos desaparecidos en Afganistán; pensé que John debería ser incluido y, por eso, me gustaría hacerle algunas preguntas.

James y Deborah se miraron, como consultándose en silencio. Para Frank, existía entre ellos «algo», que al parecer habían decidido con esa mirada.

»Si ustedes están de acuerdo, me hacen falta algunos datos relativos a la novia de John, una muchacha llamada: Joetta —lo decía mientras sacaba de su maletín una pequeña libreta en la que tomaría notas de todo dato relevante.

James y Deborah, nuevamente se miraron. Guardaron silencio.

Frank pudo percibir que ese nombre de mujer, parecía avivar cierta emoción entre los esposos Stanek.

En esos momentos, James se incorporó y caminó hacia la chimenea tomando entre sus manos dos sobres blancos, algo amarillentos, eran cartas que reposaban encima del borde superior de esta, con ellas volvió donde Deborah. Se sentó nuevamente. Le habló a Frank, mientras miraba las cartas… y a él.

—Nuestro hijo fue siempre reservado para muchos asuntos, por eso fue que debió ascender rápidamente dentro del ejército. Durante esas últimas semanas nos comentaba que se encontraba muy enamorado de una joven que conoció en una base extranjera donde estuvo destacado. Nunca nos dijo su nombre, pues como usted sabrá, dialogar por teléfono es hablar sólo lo necesario. Tenía un espacio de tiempo limitado solamente para decir unas cuántas cosas. A las dos semanas de ser declarado desaparecido en acción, unos oficiales tocaron nuestra puerta. Cuando los vi, supe que algo malo le había sucedido. Ellos, sólo me entregaron su carta de combate, aquella que redactan antes de cada misión y nuestra bandera. Era todo lo que obtenía de mi hijo, pues nunca su cuerpo fue hallado. Me dijeron que el calor producido al estallar el helicóptero, tiende a incinerar los cuerpos casi de inmediato.

Deborah, no puede soportar más la narración de esos hechos. Estalla en llanto.

James, acaricia nuevamente su cabellera color de cielo. La tranquiliza. Decide seguir hablando con Frank.

»Gracias por venir señor Frank, ¿recuerda que cuando se comunicó conmigo, le dije que su nombre me era familiar?

—Sí, lo recuerdo James perfectamente.

James guardó unos segundos en silencio, y prosiguió:

—En aquella única carta que recibí de mi hijo, en la cual nos alentó a recordarlo como siempre fue: jovial, alegre, activo y honesto. Además, de pedirnos que nos sintiéramos siempre muy orgullosos de él; nos encargó también muy especialmente que cuidáramos…

estas dos cartas, que él adjuntó; una de ellas tiene su nombre, Frank Donovan y la otra, el de la muchacha que ha mencionado. Mi hijo sabía que usted llegaría en algún momento, me lo hizo notar específicamente. Recuerdo cada una de sus palabras: «Papá, —me escribió— no sé cuándo llegará mi amigo, no sé cuánto tiempo tenga que transcurrir pero te rogaré, entrégale estas dos cartas al señor Frank Donovan, él sabrá qué hacer con ellas». Después de todo este tiempo, mi esposa y yo le agradecemos Frank, porque nos permite con su presencia, cumplir con el último deseo de nuestro hijo.

Frank tenía un nudo en la garganta, y no de esos de cuerda delgada sino de la más gruesa; ajustándole el pescuezo cada vez más y más, mientras las manos temblorosas de James se aproximaban a las de él, para entregarle las cartas; trataba aún de asimilar cada palabra dicha por James. Para él, todo esto no podía estar ocurriendo, era simplemente imposible, esto rebasaba todos sus conocimientos adquiridos alguna vez sobre la materia. Todo entendimiento que él poseía de la vida sobre de la muerte... y viceversa.

Sus manos y dedos parecían ser de hierro, pesaban y yacían totalmente inmóviles, quería ordenar desde su cerebro, extender sus brazos, abrir sus dedos y sujetar esas cartas, pero no podía hacerlo.

—¿Sucede algo Frank? —preguntó James casi preocupado, al ver igualmente que el color carne de

Frank, se volvía cada vez más pálido, y las orbitas de sus ojos no experimentaban ningún movimiento.

La señora Deborah se levantó del sofá y apresuró sus pasos para traerle un té caliente con una media onza de whisky. Se lamentó de haber sido tan descortés, con este especial invitado.

La voz de James parecía traerlo a la realidad. Era un eco lejano, pero que adquiría fuerza poco a poco, haciéndolo reaccionar. Su cerebro lo asimiló todo. Su brazo izquierdo produjo un movimiento. Las articulaciones de sus dedos podían moverse y se abrían para tomar esas cartas. La cuerda comenzó también a ceder, la mudez desaparecía.

Pero en el preciso instante que las cartas se dejaron sentir en el tacto de Frank, éste recordó instantáneamente a John Stanek. Tomar esas cartas era como recibir una pequeña descarga eléctrica, viva, intensa y veloz, recorriéndole todo su cuerpo.

Recordó a John y esa mañana cuando hablaba con él, cuando ese pobre hombre moribundo, sólo le rogaba escucharlo unos segundos más y él... negándose por supuesto. Llegando incluso a creer que ése era sólo un alucinado, un perturbado mental.

Recordaba la forma rápida que se levantó de aquella silla y trató de salir de esa habitación de hospital. Mientras los gritos de John replicaban y se disparaban por cada esquina de las cuatro paredes, hasta ir disminuyendo la intensidad de sus baladros, segundos después de sedarlo. Negándose, porque simplemente para él era ilógico, que ese hombre lo haya conocido *antes*, y menos, que él tuviera algo que ver con aquella mujer llamada Joetta. Era absurdo y hubiera sido absurdo para cualquier persona con sus cinco sentidos activados cuerdamente. Pero ahora, ahora pensaba distinto.

Deborah llegó con el té con whisky.

Frank lo bebió de golpe. Necesitaba calentar su cuerpo casi frío, no por el clima, sino por esta brusca verdad, despertando e hincándole el corazón. Necesitaba sentir calor en su estomago. Necesitaba tranquilizarse.

Frank dejó la taza vacía en la mesa de centro, que separaba a los esposos de él.

—James, debo decirte que me encuentro muy sorprendido por lo que me entregas, pero a la vez, resulta muy gratificante descubrir que exista esta carta para mí. Con respecto a la de la señorita Joetta, puedes estar seguro que se la entregaré personalmente, como lo hubiera querido John.

James mira a Deborah y ambos muestran una sonrisa, parecen estar contentos por cumplir finalmente con ese pedido que alguna vez su hijo les hiciera.

No existía nada más que decir. Por un lado, Frank presentía que en esa carta podían hallarse gran parte de las respuestas que necesitaba para completar la búsqueda de Joetta. Decidió que era el momento de marcharse. Se despidió de Deborah, como si ella fuese su propia madre, la abrazó por unos segundos prolongados, también le dio un fuerte abrazo a James.

»Cuídense mucho, y gracias por todo, estoy seguro que en esa carta hallaré la información que vine a buscar.

James lo acompañó hasta la puerta. Se despidieron con un fuerte apretón de manos.

CAPÍTULO 18

Frank caminaba por la avenida Napier en Hammersmith.

Habían pasado tres minutos desde que dejó a los esposos Stanek. Caminaba despacio y miraba por momentos a la gente pasar a su alrededor, con esos abrigos anchos y largos, que igualaban a unos verdaderos osos caminando a su encuentro. Todo un conjunto de preguntas surgieron y para la mayoría no poseía respuestas; la principal: ¿cómo era posible que existiera una carta para él... del mismo capitán John Stanek?

Su mirada casi rosaba la vereda mojada por la lluvia y, el frío no era ningún enemigo en estos instantes, solo algo más que existía igual que él.

Su mente parecía no emitir pensamiento alguno. Todo estaba paralizado, excepto su corazón que aún latía, aunque ahora más tranquilo que cuando recibió esas cartas.

—Dos cartas de un hombre, al que un día creí... era un demente. Sin embargo, yo era el que tenia la mente estrecha. Debí escucharlo, ese hombre ciertamente decía la verdad.

Llegó hasta un paradero de taxis. Con alguna dificultad pudo articular en su boca el nombre del hotel. Fiel a su estilo, no abriría la carta hasta integrarse a la intimidad de su habitación. Reposó la cabeza en el asiento y aspiró más aire que de costumbre. Cerró sus ojos, prefería ahora seguir alejado de todo pensamiento.

Quince minutos después llegaba a su hotel.

La hora en Londres se acercaba a las diez con treinta minutos y el cielo continuaba nublado.

Al entrar en su habitación, luego de quitarse el abrigo, prefirió tirarse a la cama, parecían apoderarse de él un sinfín de preguntas sobre la vida y la muerte. Sobre el más allá. Sobre: ¿qué nos sucede en realidad cuando dejamos nuestra existencia aquí en este planeta?, ¿por qué el destino quiso unirnos con ese encuentro tan hórrido a él y a mí?

»¡Maldito seas John Stanek, espero que en esa carta me des la respuesta!

No le quedó más que abrirla. Se incorporo y la extrajo del bolsillo derecho de su abrigo. Sostenía entre sus manos, las dos cartas. Miró la que llevaba escrito en letras grandes el nombre de Joetta y la apartó. Ahora contemplaba dubitativo la carta que llevaba su nombre: Frank Donovan. Decidió sentarse junto a la ventana en una de las dos sillas instaladas en esa habitación.

La abrió, la carta estaba escrita de puño y letra por el mismo Stanek.

Afganistán.

Señor Frank Donovan.

Creo conocerlo por todas las visiones que he tenido de usted en todas estas semanas en esta tierra lejana de Afganistán. Dentro de algunas horas más, partiré en una misión; por momentos creo que de esta no regresaré con vida. Lo digo, pues veo una fuerte explosión delante de mis ojos. Es un presentimiento extraño que nunca antes sentí en esta guerra.

Le he dejado esta carta con mis padres, pues en una de mis visiones, lo vi a usted y a ellos reunidos en nuestra casa. Sé, que mi madre llorará, pero se repondrá, siempre fue una mujer fuerte, mi padre también.

He tratado de buscar la interpretación a todo esto de la manera más jovial posible. Si hoy no sucede nada, esta carta no llegará a usted, pero si me sucede algo y si usted la está leyendo, entonces... estoy muerto.

Lo llegué a odiar en un principio, ¿sabe usted?, pero ahora ya no. Las imágenes están completas y de ser ciertas, mi novia Joetta y usted, de alguna manera unirán sus vidas para bien. Lo cual me alegra, porque ella volverá a ser feliz. Ambos serán felices.

Cuando usted la conozca lo entenderá. Ella es una mujer maravillosa y muy bella; su belleza radica en toda su sencillez y en lo cariñosa que llega a ser.

Cada día que ha pasado he ido ensamblando este rompecabezas, estos fragmentos del futuro, como los he denominado.

La vida continúa señor Donovan, no se detiene para mirar atrás. Es el mensaje que me han dejado estas visiones.

Solamente me queda por descifrar un nombre: ¿La princesa Alexandra? Aún no sé qué significa, tal vez usted pueda encontrar la respuesta. Ese nombre se me aparece, en medio de un fogonazo de luz, de un destello fuerte y viene acompañado de una inmensa tristeza.

Sólo espero que esa tristeza no provenga de mi Joetta, pues si es así, puede estar seguro que regresaré para ayudarla; aunque me encuentre en el mismo infierno.

Esta carta sólo tiene un fin; desearles a ambos la mayor felicidad del mundo. Dígale a Joetta, que ella nunca fue una aventura para mí, que siempre llevé conmigo su fotografía. Fue el verdadero amor de mi vida. Dígale también, por favor, que el recuerdo de su amor, me ayudó bastante para enfrentar los sinsabores de esta guerra.

Sea feliz Frank Donovan; y hágala feliz.

Capitán John Stanek.

Frank buscó en esa carta algún indició para encontrar a Joetta, pero no existía ninguna dirección, teléfono ni nada más que lo orientará por cual camino seguir. Cogió enseguida la carta dirigida a Joetta, e igualmente la miró por ambos lados, pero nada más tenía escrito el nombre de ella. Se sintió frustrado y con un nuevo arranque de cólera.

Ciertamente podía notar que existía una abismal diferencia entre el John Stanek de esta carta y *el otro*, el que habló con él y le pidió: salvarla.

»Algo sucedió en ese lapso de tiempo, entre escribir esta carta y el último segundo de la vida de John Stanek. ¿Pero qué? ¿Qué lo llenó de tanta violencia?

»En esta carta John se despide, y parece sentirse muy feliz en que Joetta hallará la felicidad conmigo. El John del Mercy Hospital, en cambio, estaba muy alterado y me dijo que la vida de ella estaba en peligro y que solo yo podría salvarla… que no la dejara morir.

»Por cierto: ¡Qué diablos es la princesa Alexandra! Se puso a recordar…

…Quiero que busque a Joetta. La vida de ella está en peligro y usted, solo usted podrá salvarla. Debe de hallarla señor Donovan, pues al hallarla, usted lo comprenderá todo y usted también hallará la felicidad. No puedo hablar más, siento que me ahogo. Señor Donovan, no estoy alucinando ni nada parecido. La princesa Alexandra. Sí, la princesa Alexandra lo guiará. Siga las pistas y encuéntrela. No la deje morir. Es el futuro el que me envió en esta misión. Es la vida surgiendo ante la muerte…

»Vaya que me la está haciendo difícil capitán, con esa princesita. ¡Dónde diablos la voy a encontrar! ¿Qué significa ese nombre?

Decidió activar su laptop para revisar sus correos electrónicos.

Terminaba de hacer esto cuando el teléfono de su habitación comenzó a timbrar.

»Ya me estoy comenzando a molestar, tanto ruido hace ese teléfono de mierda. ¡Ya voy, ya voy! ¡Deja de sonar que tengo la cabeza por estallar!

—Señor Donovan le transfiero una llamada — le dijo la voz muy cordial de la administradora del hotel.

Frank no atinó a decir nada. Nuevamente estaba molesto.

CAPÍTULO 19

Cuartel Larrakeyah – Darwin

Fuerza de Defensa Australiana

Territorio del Norte

Australia

Patrick Travers, fue destacado hace un año a una de las más grandes unidades militares en el mundo actual, la *Fuerza de Defensa Australiana* ubicada en el *Territorio del Norte*.

Dejó a regañadientes su habitual Brisbane para establecerse con su esposa e hijo de dos años en la ciudad de *Darwin*, capital del Territorio del Norte.

Su ascenso a mayor, se había producido también en ese mismo periodo de tiempo.

Ahora formaba parte de ese grupo exclusivo de hombres, los famosos «pieles verdes» también denominados *Nackaroos*. Tenia de igual manera un nuevo lema que hacer cumplir con ellos: *Siempre vigilante.*

Si bien este territorio mostraba un clima tropical en la mayor parte del año, también poseía marcadas épocas de lluvias y estaciones secas. Y sea cual fuere ese clima, Patrick estaba ahí con sus hombres o bien entrenándolos o bien patrullando algún trozo de ese millón ochocientos mil kilómetros cuadrados de territorio asignado, como área de operación.

Su base operativa radica en el *Cuartel Larrakeyah.*

Son las siete de la noche, pero aún el cielo mantiene colores azules y violáceos. Las luces se encendieron en toda la base.

El mayor Travers luce cansado, por todas las maniobras de combate realizadas el día de hoy. Llega al condominio 34B, su esposa sale a recibirlo. Apenas ingresa se sienta en uno de los sillones de la sala, mientras Margaret le quita sus botas, diciéndole que tome ese baño relajante, para luego, cenar juntos algo delicioso que ella ha preparado.

Patrick pregunta por su hijo y Margaret le responde que duerme plácidamente.

Quince minutos después de ese baño relajante; Travers luce nuevamente rasurado y lleva puesto una bata blanca, con zapatillas cortas del mismo color. Ha recordado que desde hace una semana no ha revisado nada de su correo electrónico.

—Mi amor solo serán cinco minutos —le dice a Margaret.

Ella parece molestarse en un principio, pero finalmente accede.

El mayor Travers ingresa su clave de nueve dígitos para acceder a su PC. Enseguida digita la dirección del portal, donde se aloja su correo electrónico privado.

La pantalla se abre y le muestra una lista de treinta mensajes llegados, durante todo este tiempo inactivo. Uno de esos mensajes le llama preferentemente la atención, dice: John Stanek.

—Mi amigo John, pero qué diablos. ¿Después de cuánto tiempo? —es la primera expresión que se le ocurre decir y la pregunta inmediata que surge, al leer ese nombre conocido.

Pero casi de inmediato, la expresión de felicidad cambia a duda, pues ese e-mail no viene directamente del mismo John, sino de alguien llamado: Frank Donovan.

Duda unos instantes para abrirlo, pero finalmente lo hace, dado que su correo personal solo se lo dio al mismo Stanek, eso sucedió unos días antes de que dejara para siempre Australia, rumbo a Afganistán. Ese recuerdo lo tiene bien fresco en su memoria y ya han pasado más de tres años. Considera que si esa persona se dirige hacia él, con el nombre de su viejo amigo, deben estar muy bien relacionados, puesto que Stanek nunca entregaría su correo personal a un desconocido. El antivirus hace lo suyo, escudriñando anticipadamente ese *e-mail*. Todo favorable, procede a abrirlo.

Washington DC.

Estimado señor Patrick Travers.

Le escribo la presente en relación a un conocido mutuo, el capitán John Stanek.

Como sabrá, él se encuentra como «desaparecido en acción». Estoy escribiendo a todos los que alguna vez lo conocieron, en mi afán de localizar a su novia, de nombre Joetta. Si usted supiera algo, lo que sea, que me pueda ayudar a encontrarla, por favor no dude en informarme, le estaré sumamente agradecido.

Usted puede responder a este mismo correo, como también informármelo directamente, al hotel donde me hospedaré en la ciudad de Londres, y donde me encontraré con los padres de mi amigo John, dentro de las próximas cuarenta y ocho horas:

Hotel Norfolk Towers

34 Norfolk Place

Londres W2 1QW

Teléfono: 020 7262 0060

Agradeciendo toda su atención a la presente.

Frank Donovan.

Patrick, se quedó mirando fijamente la pantalla de su PC.

No podía creer que alguien le escribiera, diciendo que su buen amigo británico John Stanek se encontraba «desaparecido en acción». Que palabras eran esas para un hombre tan admirable y de gran valor como él; «desaparecido en acción». Como militar conocía perfectamente esos términos: se referían específicamente a la desaparición de un militar y la ausencia del cuerpo.

Rápidamente se deslizaron por su memoria, todos los momentos vividos entre ambos durante esos meses, desde que él llegó a Australia para adiestrarlos en la conducción de los UAV.

De igual manera apareció el recuerdo agradable de la joven Joetta, su novia.

—¿Qué habrá sido de Joetta? —se preguntó en silencio.

Ahora recordaba a ambos. Era la noche de su boda en el Customs House cuando ellos llegaron. Recordó lo deslumbrante que lucía Joetta, con ese vestido de seda color coral pálido, entallado magistralmente a su bella figura, sus delicadas sandalias de noche, que brillaban por esos bellos cristales adosados a sus formas. Recordó cuando él le besó la mano al quedar fascinado al verla y las palabras inmediatas de John, recordándole que ya no era un hombre soltero. También traía a su memoria la elegancia del rojo uniforme británico de John. El baile, la orquesta. Lo contentos que estaban ellos y especialmente Joetta por pisar el Customs House.

Revivió varios momentos olvidados, de aquellos cuando John Stanek le hablaba cosas maravillosas de ella. Ciertamente estaban enamorados, continuaron frecuentándose durante el tiempo que John estuvo en la base. Después no supo más de ninguno de los dos. Hasta esta amarga noticia, que de ser cierta se convertía en un golpe bajo que la vida le da, por arrancarle así, a un buen amigo y a un valiente hombre.

Miró su reloj.

Eran casi las siete y treinta de la noche. Realizó unos cálculos rápidos y concluyó que en Londres eran igualmente cerca de las diez y treinta de la mañana. No se equivocaba, era el mismo día, solamente que Australia se adelanta varias horas con respecto a Europa.

Miró y memorizó el número telefónico incluido en ese *e-mail* y el nombre de quien lo enviaba. Si era verdad lo de su amigo John, él ya no podría hacer nada, solo pedir que donde quiera que él esté, se encuentre bien. Pero, sí podía brindar su colaboración para hallar a Joetta. Eso le hubiera gustado a John.

No quiso perder más tiempo. Se alejó de su computadora y marcó el número telefónico de ese hotel en Londres. Una voz femenina le respondió:

—Hotel Norfolk Towers. Buenos días.

—Buenos días. Le hablo desde Australia, mi nombre es Patrick Travers, quiero hablar con el señor Frank Donovan.

—Enseguida. Por favor, espere mientras lo comunico.

CAPÍTULO 20

Frank Donovan estaba más impulsivo que otros días.

Había superado la adversidad, que le negaba más información de John Stanek, mostrando gran atrevimiento y audacia en la embajada británica, e inclusive siguiendo al mayor Eddie Weber.

Llegar a Londres, lo aventuraba a terminar de hallar la respuesta faltante, —al menos— eso era lo que él pensaba. Pero ahora nuevamente se encontraba en otro *callejón sin salida*, preguntándose si realmente valía la pena todo esto.

—¿Por qué no mostrar indiferencia o simplemente renunciar? ¡Al diablo con todo! ¡Con John Stanek, con la tal Joetta! ¡Donde mierda se encuentra esa mujer! —Se decía esto, mientras el teléfono timbró y escuchaba la voz de la administradora del hotel, diciéndole que le transferirían una llamada desde el extranjero.

Tenía toda la crispatura atenazándole los músculos del rostro. Aguardó impaciente con el teléfono al oído, hasta que la otra voz se dejó escuchar.

—Buenos días: ¿es usted Frank Donovan? —preguntaron de una manera educada.

—El mismo ¡Quién es usted! —casi parecía elevar el tono de su voz. Sea quien sea, lo estaba encontrando en su peor momento.

La persona no reveló ninguna respuesta a su exigencia. Más bien, respondió con otra pregunta, después de mantenerse en absoluto silencio por unos cinco segundos.

—¿Para qué quiere conocer usted el paradero de Joetta, la novia del capitán Stanek?

Cerró sus ojos y enseguida lo recordó todo; los correos electrónicos despachados desde Washington la noche antes de llegar a Londres. Relacionaba ahora la voz al otro lado del teléfono, se expresaba de forma segura. Frank podía casi presentir que la persona que le telefoneaba era un militar, pero no cualquiera, sino uno acostumbrado a no ser manipulado, uno de un rango superior, habituado a dar órdenes y ver resultados. Decidió responder:

—Es necesario que encuentre a la novia del capitán Stanek, pues tengo que entregarle personalmente una carta, que él le escribió en su última misión.

—¿Por qué usted? ¿Y por qué el ejército directamente no ha hecho entrega de esa carta? —preguntaba esa persona con una voz modulada, que en ningún momento buscaba la confrontación. Frank, moduló del mismo modo el tono de su voz.

—Pues, porque en su archivo no existe ningún dato de ella. Parece que John nunca pudo ingresarlos. John envió esta carta a sus padres y ellos me la han cedido a mí.

Frank pretendía que la persona al otro lado de la línea tuviera más confianza con él. Pero de ningún modo se disculparía de su animalada al contestar el teléfono, con esa voz nada candorosa. Por eso decidió solo referirse al capitán, simplemente… como John.

Patrick Travers escuchaba tranquilamente cada palabra, concluyendo que existía coherencia en todo lo dicho por este individuo llamado Frank Donovan. Decidió entonces decirle lo poco que conocía de Joetta.

—Bien, si usted está buscando a Joetta, yo la conocí. De esto hace más de tres años, cuando tanto John como ella, fueron muy gentiles en asistir a mi boda. Sé, que ella reside con sus padres muy cerca de Brisbane, el mismo John me lo dijo una vez. También sé, que a ella le gustaba mucho asistir al Customs House.

—¿Brisbane? ¿Customs House? —repitió Frank como deseando conocer: ¿dónde diablos quedaba esa ciudad y que era ése otro nombre?

—Brisbane se localiza en Australia y el Customs House, es una construcción del siglo diecinueve actualmente remodelada; es una joya arquitectónica perteneciente al patrimonio histórico de la ciudad.

Frank anotó rápidamente cada palabra en una libreta, pues ya conoce que «olvida» con facilidad los nombres de ciertas personas o cosas.

—¿Tiene usted alguna otra información?

—Es todo lo que sé de ella.

—¿Conoce usted el apellido de Joetta?

—Daniels. Joetta Daniels.

Conocer el apellido de Joetta le inundó de gran satisfacción. Hubo un silencio corto entre ambos, Frank decidió agregar:

—¿Está usted seguro?

—Totalmente —le respondieron.

—¿Algo más que quiera decirme?

—Solo encuéntrela. Eso le gustaría a John.

Frank tenía ganas de responderle: ¿Qué cree que estoy haciendo? ¡Pasearme y darme la gran vida! Imbécil. Pero mantuvo la boca cerrada, era lo mejor.

—Quiero agradecerle señor….

—Patrick Travers, mi nombre es Patrick Travers.

—Claro que sí, señor Patrick Travers. Quiero agradecerle toda la información, sin duda, para mí es muy valiosa.

—Bien; si le sirve, eso es bueno. Mucho más si puedo ayudar con la última voluntad de mi amigo.

—Por supuesto que me está ayudando señor Travers.

—Entonces, mucha suerte.

—Gracias.

CAPÍTULO 21

Danna fue citada por el propio doctor Iván Bramwell, se le pidió discreción, en otras palabras no era recomendable que Joetta lo supiera.

Puntualmente Danna estuvo en el consultorio de Bramwell. Sufría en silencio por tener que ocultar esta reunión a su amada prima y mantenía una angustia terrible, que por algún momento se transformaba en un ahoguío hincándole el corazón.

Faltaban cinco minutos para la reunión y veía su rostro en el pequeño espejo de marco redondo que llevaba siempre en su bolso —como toda mujer—, daba forma al ondular de sus cabellos largos dorados, su maquillaje seguía bien y ocultaban con habilidad las ojeras producidas por el insomnio de toda esa noche. Se miró en la profundidad de sus ojos pardos, preguntándose si hacia lo correcto. Se respondió que sí. Trató de serenarse.

Bramwell llegó puntual. La saludó con un beso en la mejilla, ella le respondió igual. Iván Bramwell podría ser bajito y rechoncho, pero un hombre muy sabio, que buscaba lo mejor siempre para sus pacientes.

—Danna, gracias por ser puntual.

—Como ve doctor, estoy aquí sin mi prima, desde ya le digo que encubrir esta reunión con usted no me ha gustado nada. Pero si es por el bien de ella, yo lo he aceptado.

Bramwell parecía tratar de hallar las palabras precisas, siempre estas situaciones le eran difíciles de llevar a cabo en un principio. Pero ese silencio hacía presentir que era también un preludio, de no tan favorables noticias para la enfermedad de Joetta, así lo entendía Danna al ver el rostro serio e impreciso de Iván Bramwell.

—Danna, en realidad esta reunión contigo, era para decirte que el cuadro clínico de Joetta ha empeorado.

Danna bajó la mirada, sentía tanta desolación, parecía estar desnuda en una playa y en el más crudo de los inviernos. Después de dejar pasar unos segundos, que Bramwell consintió para recuperarla de ese golpe directo, ella se llenó de valor para enfrentar todo lo que viniera.

—¿Cómo es eso que mi prima ha empeorado? Ella ha recibido cada semana todas las sesiones de diálisis, conforme se le recomendó. Ayer precisamente estuve aquí acompañándola. Ella y todos los que la conocemos la hemos visto enfrentar ese sufrimiento cada día con gran entereza, pensando siempre en su recuperación.

—Te lo explicaré Danna. Joetta llegó aquí en etapa tres, hoy está en etapa cinco. Y ya no existen más etapas para la enfermedad renal crónica. Los valores de velocidad de filtración glomerular, han ido cada vez disminuyendo, eso quiere decir que la función renal se está perdiendo. Las complicaciones que se presentarán en esta etapa, serán la pérdida total de la función renal y un posible desarrollo de enfermedad cardiovascular. Lo que te quiero decir, es que ella requiere un trasplante renal con urgencia.

Los ojos de Danna brillaban, por toda esa tristeza al saber, lo mal que su prima se encontraba. Nunca se lo hubiera podido imaginar. No pudo resistir más y echó a llorar.

Bramwell le alcanzó unos pañuelos descartables. Esperó nuevamente verla recuperada.

Danna argumentó.

—Doctor Bramwell, hemos buscado un donador entre la familia y amigos, pero todos han sido rechazados. Hemos publicado anuncios en los diarios.

Hasta utilizo *Twitter* y *Facebook* todos los días para co-
municar el pedido, pero nada.

Iván conocía perfectamente todo el esfuerzo
que la familia realizaba; desde luego él podía utilizar un
donante recientemente fallecido, pero todo revela que
los resultados no serian tan alentadores, como el de un
donante vivo.

—Solo me resta pedirte que lo sigas intentando.
Es necesario hallar ese donante, cuando antes —sugirió
Iván.

—¿De no hallarlo ella morirá? —preguntó Danna con una voz que casi se le apagaba en la garganta.

Bramwell prefirió guardar silencio. Solo atinó a
responder:

—Sé, que si lo seguimos buscando hallaremos a
ese donante varón. Ten fe Danna. Ten fe. Por el momento ella deberá continuar con la *Hemodiálisis*. Estoy
dando una orden para que cualquier posible donante
que localices, sea inmediatamente evaluado. Ella no morirá, siempre existirá como último recurso, un donante
de muerte cerebral o corazón detenido, pero ella no
morirá.

Las líneas de expresión en el rostro de Danna se
relajaron, al escuchar esas buenas palabras: *ella no morirá.*

—Gracias doctor Bramwell. Continuaré buscando el donante para mi prima.

—Sé que lo hallaremos Danna, sé que lo hallaremos.

CUARTA PARTE

El amor es la poesía de los sentidos.

Honoré de Balzac

CAPÍTULO 22

Patrick Travers, le había dado la salida a su laberinto, conocer el apellido de Joetta era algo bastante positivo en su búsqueda, aunque él hubiera querido saber hasta el domicilio de aquella muchacha. Pero algo es algo... se dijo finalmente.

Después de colgar, Frank respiró hondo.

Si por algún momento de sus típicas rabias, hasta hace poco, deseaba tirar todo por la borda, ahora lo consideraba nuevamente: Australia. La idea de conocer ese país de *Oceanía*, podía estrechar toda esta turbulenta situación que le tocaba vivir.

—¿Quién hubiera imaginado que en Australia hallaré a Joetta? Solo espero que siga viviendo allí. ¡Sí! Tiene que seguir viviendo en ese país.

»Bien, no hay tiempo que perder. Mi estimado John Stanek, al parecer guiaré mi barco hacia ese nuevo puerto.

Frank también se preguntaba por esas fuerzas misteriosas uniéndose para que él no abandone la búsqueda de aquella mujer.

»Es increíble que suceda esto, justo cuando estaba por mandarlo todo al diablo.

»Entonces, Stanek se conoció con Joetta en Brisbane. ¿Cómo llegaré hasta allá?

Volvió a sentarse frente a su laptop para hallar en Internet la disponibilidad de vuelos desde Londres a Brisbane para ese día o el día siguiente. La información le causó nuevamente cólera.

—¡Maldita sea no hay vuelos directos, solamente con una estúpida escala, en *Kuala Lumpur* o *Hong Kong*!

Continuaba leyendo la información de varias aerolíneas, lo que leyó líneas más abajo lo irritó más.

—¡Qué! Veintidós horas con cincuenta y cinco minutos dura ese vuelo de mierda. ¡Al diablo!

Se incorporó de la silla y caminó por la habitación. Trataba de serenarse. La cólera aún hervía en su sangre. Estaba realmente furioso. Con su mano derecha frotaba despacio su frente y casi la mitad de todo su rostro, como si tratara de despertar de un sueño.

»Ya estoy metido con esto hasta el cuello. ¿Retroceder? ¿De qué valdría? A mal tiempo buena cara, dice el dicho. Ni modo, tengo que elegir una aerolínea y reservar también el hotel. Volvió a tomar asiento y presionó las teclas buscando hoteles en Brisbane.

Entre toda la variedad de hoteles hallados, existía uno que le interesó mucho por su ubicación en el centro de la ciudad y vista cercana al mismo rio Brisbane, se llamaba *Mercury Hotel* y tenía todo lo necesario para él: acceso inalámbrico, aire acondicionado, era un hotel cien por ciento para no fumadores y él había dejado ese vicio hace mucho tiempo, piscina y además un servicio de sauna y masajes. ¡Perfecto! —se dijo. Lo reservó de inmediato por una semana. Al menos, creyó que ese tiempo era suficiente para dar con el paradero de la tal Joetta Daniels y hacerle entrega de la carta, pues él no pensaba tener amores con una desconocida. Era absurdo creer que el amor pueda surgir bajo estas condiciones, aunque por momentos dudaba y las palabras de Stanek volvían a resurgir: «*Escúcheme Donovan. Esa noche se abrieron puertas, puertas que me mostraron el futuro. Yo no debí subirme a ese helicóptero. Hoy recién lo entiendo todo. Escúcheme por favor. Quiero que busque a Joetta. La vida de ella está en peligro y usted, solo usted podrá salvarla...*»

—Sí. Claro que sí; solo yo podré salvarla, nadie más. Soy el elegido por el destino. Como paramédico he salvado a muchas personas de la muerte y ahora estoy viajando por la mitad del mundo para salvar la vida de una sola mujer, a lo que hay que añadir... que nunca en mi vida la he visto. Bueno, solamente una vez en esa fotografía, pero solo fueron segundos, que ya no recuerdo nada. ¿En qué momento me volví loco? Por cierto, también esta esa muchacha con la cual soñé, al día siguiente de la desaparición de Stanek. En ese sueño que se me repetía una y otra vez de madrugada y por varios días. Esa muchacha tenía los cabellos rojizos y alguna extraña enfermedad que la debilitaba día a día. Sí, ahora recuerdo esos sueños que me hacían sentir tanta tristeza. ¿Habrá sido Joetta la mujer de aquellos sueños?

Eran las once con cuarenta y cinco minutos de la noche.

Donovan abordó por la terminal cuatro del aeropuerto *Heathrow*, el *Boeing* 747-400 de *Malaysia Airlines*. Durmió lo suficiente en su hotel, pues no quería que el sueño lo invadiera en medio de toda esa inmensa negrura, por la cual su avión pronto parecería flotar y perforar. En realidad nunca le gustó viajar en aviones y menos de noche. Le seguían molestando esas veintidós horas con cincuenta y cinco minutos de viaje.

Dentro de quince minutos más... será sábado en Londres.

Si existía algo que compensara todo este sacrificio para Frank, era sin duda el impecable interior del avión, la imagen y el trato personal de sus tripulaciones auxiliares.

Según la aerolínea, a las siete con veinticinco minutos de la mañana aterrizarían en la única escala: Kuala Lumpur. Dos horas después y en un nuevo avión Airbus A330-300 partiría de nuevo hacia Brisbane, donde llegaría a las siete con cincuenta y cinco minutos de la noche. Por tanto, el día sábado ya se encontraba perdido. Solo le quedaría el domingo para diseñar una estrategia de búsqueda, que lo llevase a encontrar a Joetta.

—Qué locura Frank, que locura…

El Boeing comenzó a moverse y tomó rápidamente la pista de despegue autorizada.

Exactamente a la media noche, el vuelo MH3 aceleraba a una velocidad de doscientos noventa kilómetros por hora, elevándose por sobre la ciudad de Londres, con un pasajero que tenía una sola misión otorgada por el destino, aunque él lo dudara: salvar otra vida humana.

CAPÍTULO 23

El vuelo MH3 de Malaysia Airlines, había dejado ya el *Mar Negro*, *Turquía*, *Irán*, *Pakistán*, *India* y terminaba de sobrevolar la *Bahía de Bengala*, procediendo los pilotos a iniciar protocolos de aterrizaje, mientras se acercaban cada vez más al aeropuerto internacional de Kuala Lumpur.

Después del despegue, Frank Donovan se mantuvo despierto por varias horas, leyendo alguna revista o escuchando música; disfrutando del servicio de catering y especialmente de las bebidas y licores, hasta que finalmente optó por ver una película. Pero el cansancio se mostró sigiloso y el concubio lo atrapó, sin que él pudiese resistir.

Ahora duerme y su hemisferio cerebral derecho está en plena actividad, Frank ha entrado a sueño profundo. Si antes, cuando se mostraba vigilante y despierto eran las ondas cerebrales *Beta* las que se imponían, en estos momentos son las *Delta*, las que tomaron el control total de su cerebro.

Frank ha comenzado a soñar, y es un pasivo espectador en la sala de emergencia de un hospital, que no es el Mercy.

Una joven mujer es ingresada en una camilla. Su estado parece ser muy delicado. Ella parece dormida. Todo se alborotaba en esa sección. Enfermeras y médicos corriendo y viniendo. Es de noche y la tristeza parece flotar y adherirse también en los rostros de sus familiares. Logra escuchar el nombre de la joven mujer: Joetta. Para él, en ese sueño el nombre de aquella mujer tiene un gran significado, algo que él aún no puede precisar, pero hace esfuerzo por recordar. Frank, por toda su experiencia como paramédico, sabe que esa muchacha sufre en ese momento de una insuficiencia cardiaca. Su vida está en peligro. Varios médicos luchan por salvarle la vida. Diversos monitores hacen seguimiento de su ritmo cardiaco. En el pasillo, los que parecen ser sus padres y otra joven mujer sufren mucho por ella. La que parecería ser la madre es consolada por la mujer joven. Se abrazan. Una le dice a la otra que ella estará bien, y seca sus lágrimas con un pañuelo. El hombre de mayor edad parece pedirle a Dios por la recuperación de su hija. Frank nunca ha visto a esas personas, ni ese lugar, pero conoce indiscutiblemente que es una sala de emergencia. Y se pregunta: ¿por qué él ha sido transportado a ese lugar?, ¿dónde estoy?, ¿qué día es hoy? Pero existe algo más. Algo que está apareciendo frente a él. Es testigo del coruscar, de cómo la habitación se ilumina de una luz cegadora. Esa luz es tan brillante que

Frank reacciona desviando su mirada instintivamente para que no afecte su visión; él también quiere decirles a todos que en la habitación existe esa luz, que apareció de la nada; pero nadie parece escucharle. ¿Por qué nadie puede ver esa luz? Ahora se asombra, pues otra presencia ha aparecido. Extrañamente el miedo no se apodera de él. Este ser tiene la apariencia de un ser humano, pero es transparente, luminoso. Frank, puede intuir que este ser también sufre por la mujer en peligro, pero no puede hablar, y al igual que él ambos son pasivos espectadores. Pero esa presencia alófana le es muy familiar, alguna vez se conocieron. Frank, puede percibir que existe mucha coherencia entre todos los hechos que suceden frente a él. Sí, el ser luminoso siente un gran amor por ella y al igual que todos, no quiere que ella muera. Esa presencia ahora parece mirarlo y, Frank recibe tanta tranquilidad como inmenso consuelo. Ambos se miran por varios segundos. Frank, está descubriendo que él también sobrelleva un sentimiento maravilloso por esa muchacha, aunque ignora el porqué, pero siente como el alma parece partírsele en mil pedazos… por toda esta situación. Se siente muy triste y a la vez tan impotente de no poder ayudarla. El ser de luz lo sigue mirando, y parecería con esa mirada decirle tanto; en eso, un nombre surge veloz entre sus pensamientos: John Stanek.

En este instante siente una inmensa paz recorrer su alma.

Su memoria parece reactivarse desde que descubrió quien era el ser luminoso. Pero hay mucho más: John Stanek y Joetta. Ambos se amaron con un sentimiento único que parecía siempre acariciar las estrellas. Era un amor de aquellos que están hechos para nunca terminar. Pero terminó, obligado por esas circunstancias del destino, que son imposibles de controlar desde este lado del universo; desde nuestra dimensión. Terminó, tan abruptamente que ni siquiera les permitió una despedida.

¿Un antuvio contra el amor, para hacer surgir otro amor? ¿Quién o qué puede ser capaz de tanta maldad? ¿O es que en realidad ello no es maldad, ni venganza, sino sigue siendo la perfecta continuación del amor? El balance necesario de esas fuerzas que no conocemos pero que controlan nuestro universo y con ello a todos nosotros.

La mente de Frank nunca ha filosofado de la manera en que lo hace en este sueño. Se siente por momentos completamente distinto.

Pero el periodo de tiempo fascinante, es quebrado bruscamente por las alarmas de los monitores, que señalan que Joetta entró en paro cardiaco.

Cuando Frank orienta su mirada hacia ella, ve sobre su rostro tanta adumbración. ¿Por qué si todo esta tan iluminado el rostro de Joetta presenta esa imagen tan oscura? Trata de entenderlo pero no puede.

De pronto se deja escuchar fuertemente la voz del médico:

—¡Desfibrilador!

El cuerpo de Joetta se arquea por el impulso eléctrico, que simultáneamente produce la despolarización de sus fibras cardiacas. Su corazón recupera la contracción muscular. El médico y las enfermeras se alegran por ello. Frank también, pero al volver su mirada, el ser de luz ha desaparecido.

Frank vuelve a observar cada detalle de la habitación.

Las horas parecen haber avanzado de golpe y el día lo ilumina todo. Puede ver mejor el color de las paredes, el piso, los rostros de esas enfermeras y médicos, existe algo en su interior que le pide recordar cada detalle, pues será importante, aún no sabe la razón, pero en el fondo de su corazón, solo entiende que debe recordar.

Sale al pasadizo caminando despacio, puede ver más camillas, pacientes en silla de ruedas, más personal médico, personas llamando por teléfono, otras esperando a ser atendidos. El sol ingresa por las ventanas; él se alegra. De pronto, se detiene, es un mapa detallando el nivel uno de ese hospital, es el primer piso. El mapa divide en dos secciones de color azul y naranja toda su estructura interna. Él, está en la sección naranja, justamente en el pasadizo que conduce a las salas 1C y 1D de pacientes ambulatorios. Antes estuvo en emergencia, lo puede ver bien ahora por las letras de color rojo. Algo le dice que vuelva la mirada, lo hace; la mujer de la insuficiencia cardiaca que nombraron como Joetta, está siendo trasladada, él escucha la orden del médico:

—Llévenla a la unidad de cuidado coronario.

Una enfermera procede de inmediato y dice:

—Tres E. Aquí está la orden.

Dos enfermeras conducen la camilla con una Joetta que parece ausente y dormida, alejándose cada vez más de Frank, mientras que simultáneamente la distancia que lo separa de ellas, parece extenderse más y más, envueltas en un túnel largo y brillante.

Frank gira su cuerpo para tratar de leer el nombre de ese hospital, pero es tarde, algo se lo impide…

—Señor despierte por favor. Señor, despierte.

Una de las anfitrionas de vuelo, trata de despertar al pasajero Frank Donovan, quien está profundamente dormido. Abre los ojos lentamente, la mira tratando de recordarlo todo. Recuerda que abordó ese vuelo en Londres y, esta debe ser la escala programada. Ese sueño era tan vívido que le parece imposible estar ahora en este avión. Pero es así. Lo recuerda todo. Incluso a… Joetta.

—Señor, tiene que abrocharse el cinturón, estamos por aterrizar.

—Por supuesto.

Tal vez fue por esa experiencia tan vívida que no se molestó con la anfitriona por despertarlo de esa manera, pero estuvo a punto de hacerlo, de no ser porque el recuerdo de esa joven mujer, se interpuso, haciéndolo actuar mesuradamente.

Diez minutos después, las dieciséis ruedas del tren de aterrizaje principal del Boeing 747-400 tocaban tierra. Dos horas después partirían rumbo a su destino final, la ciudad de Brisbane, capital del estado de *Queensland*, Australia.

CAPÍTULO 24

El ascensor de la sección azul abre sus puertas en el nivel cuatro del hospital Princesa Alexandra.

El doctor Iván Bramwell sale de este a toda prisa y camina directamente a la oficina de donantes de Queensland, lleva entre sus manos la autorización que nunca hubiera querido firmar, aquella que buscará un donante de muerte cerebral o corazón detenido, y cuyo riñón compatible será trasplantado a una paciente de nombre Joetta, quien aún se encuentra internada en la unidad de cuidado coronario.

Para la junta de médicos no fue difícil tomar la decisión, pues de no contar pronto con un donante, la paciente podría empeorar su estado actual.

—Alisa.

—Sí doctor Bramwell, buenos días.

Alisa Eckermann tiene cuarenta años cumplidos y es la administradora general de esa oficina de donantes, que trabaja coordinadamente con las otras de toda Australia.

—Alisa, estoy autorizando la búsqueda de órgano para esta paciente. Se requiere con urgencia.

Alisa examina la autorización, ingresa los códigos en la computadora. Lo mira a Iván, guarda silencio y hace una mueca con sus labios, una que expresa muy malas noticias. Le explicará a Bramwell.

—Por los requisitos de compatibilidad, veo que existe una solicitud igual desde el hospital *Wesley*, ellos tienen la prioridad en estos momentos doctor Bramwell.

—Comprendo Alisa, mantenme informado.

—Desde luego doctor.

Bramwell trata de tomar la mala noticia con calma, pues es tan adversa para Joetta. Si su situación decayera, su muerte sería inevitable.

Los pasos de Iván lo conducen nuevamente al ascensor. Mira su reloj, son las diez de la mañana. Aún tiene trabajo por hacer y es uno de los que no le agradan nada, tener que decirle a una familia que lo peor en esa paciente, puede ocurrir en cualquier momento. Ya lo puede imaginar, las preguntas habituales, las lágrimas de siempre, los consuelos, las palabras que no pueden fluir como de costumbre haciéndose un nudo en la garganta.

Eligió ser médico para salvar vidas, pero conocía que la muerte también estaba allí, compitiendo con él tan cercanamente para arrebatárselas. Y aún suele preguntarse: —¿cómo es posible que la vida de una mujer tan joven esté a punto de terminar? Pero igualmente, el riñón de ese donador por muerte cerebral o corazón detenido, si bien podrá ayudar, el tiempo de vida de Joetta se reducirá drásticamente.

Cuanto hubiera deseado, hallar hace tiempo a ese donante y realizar su mejor trabajo de cirujano en Joetta, pero todos los voluntarios que su familia presentó fueron descartados, una mala suerte persiguiendo de cerca a esta muchacha, desde que perdió su novio en la guerra de Afganistán.

Mientras que el reloj del doctor Bramwell, señala las diez de la mañana; en la ciudad de Kuala Lumpur son exactamente las ocho… de un día con mucho sol.

En el aeropuerto internacional, los pasajeros del nuevo vuelo signado ahora MH135 con destino a la ciudad de Brisbane, distribuyen su tiempo, mientras aguardan indicaciones para abordar su nuevo avión, un moderno *Airbus* A330-300, cuya partida está programada para dentro de una hora con treinta minutos.

Desde que tocaron tierra, los pasajeros fueron a buscar cajeros automáticos; otros, cabinas de teléfonos públicos que están ubicadas estratégicamente alrededor del terminal.

Algunos otros inundaron los cafés: *Las Marcas, el Rimba, el Selva Café* y desde luego el *Starbucks,* en la búsqueda de un rico desayuno.

Muchos se dedicaron también a visitar el *Salón de la Dinastía,* el *Salón de los Emiratos* y el *Royal Orchid.*

Y algunos como Frank Donovan visitaron el *e-Centre* con acceso a *Wi-Fi* y servicio de masajes.

Frank había llegado a la conclusión, que ese sueño en el que se sumergió durante la noche, era solamente una fantasía más de su cerebro, tan atortujado por encontrar a la tal Joetta. Para él, era prácticamente imposible que en este mismo momento, mientras se relaja con una sesión de masajes; a miles de millas de ahí, en la cuidad de Brisbane, aquella misma muchacha haya sido internada en la sección de emergencia, atacada por algún mal cardiaco.

Mientras mantiene los ojos cerrados y su torso desnudo, acostado en un mueble especial, disfrutando del placer relajante del masaje, proporcionado por las delicadas manos de Marina Zin, una joven mujer de veintiocho años, que bien podría ser la mujer más linda de Kuala Lumpur. Decide hablar con ella.

—¿Yo no creo en los sueños Marina y usted?

Marina le escucha pero no quiere responderle, podrían igualmente escucharle y eso sería perjudicial en su trabajo, que lo complementa dando masajes de fricciones abdominales postparto en hogares diversos. Pero decide explicarle en voz baja y nada molesta.

—No puedo hablar con el cliente, son las reglas.

Pero Frank fiel a su temperamento; insiste.

—Marina, nadie nos está escuchando. Respóndame: ¿qué piensa de los sueños?

Marina continúa dándole masajes, se detiene súbitamente y le dice, acercándosele al oído:

—Llámeme Marina Zin.

—Desde luego, Marina Zin.

—Me enseñaron míster Donovan, desde que yo era muy pequeña, que cada sueño es un mensaje, un mensaje que tenemos que saber: ver, escuchar e interpretar.

—Pues mira que no pienso como tú. Tuve un sueño hasta hace unas horas en el avión, y es imposible que la muchacha a la que busco, este padeciendo por un mal cardiaco.

—¿Por qué piensa que es imposible míster Donovan? —le pregunta Marina mientras sus manos no dejan de brindar, estímulos muy relajantes a Frank.

—No hay nada que pensar Marina Zin, las cosas son como son, los sueños son el resultado de nuestra fantasía o de nuestro cansancio. Yo ya estaba molesto y muy incomodo, del asiento de ese avión y entonces mi cerebro comenzó a elaborar esta fantasía, de esa manera pude soportar todo ese agotamiento. Marina Zin, he viajado desde Londres en ese avión, doce horas con veinticinco minutos y la verdad, de no ser por tu masaje, hoy estaría de muy mal humor.

Marina le ha escuchado y puede imaginar el carácter fuerte de Frank y ha sentido al darle el masaje, toda la tensión acumulada en este hombre. Sus músculos y articulaciones… están hechos una piedra. Ella siente mucha tristeza por la vida que él lleva.

—¿Usted vive en Londres míster Donovan?

—Pues no Marina Zin, soy norteamericano.

—Usted vive con un trabajo de mucha tensión: ¿verdad?

—Soy paramédico Marina Zin, dedicado a salvar vidas. La tensión es parte de mi vida diaria.

—¿Soltero míster Donovan?

—Todavía lo estoy, y te diré, me siento muy orgulloso de serlo.

—¿No ha pensado en compartir su vida con alguna mujer o es que tal vez usted, no gusta de mujeres?

—Jajaja

»Si te refieres Marina Zin, a que soy gay, pues no, no soy gay. Es solamente que no he hallado a la mujer apropiada.

—¿Cuénteme ese sueño míster Donovan?

Frank, por breves segundos recapacita sí debe contárselo a Marina tal como ella lo sugiere; finalmente decide hacerlo, será interesante escuchar luego la opinión de ella; —se dice.

—Aparezco en la sala de emergencia de un hospital y por coincidencia, está ahí la persona a la que voy a buscar a Australia, o al menos lleva su mismo nombre; debo decirte que jamás en mi vida la he conocido, tal vez en cierta ocasión vi su fotografía, por unos cuantos segundos, pero ya olvide su rostro. Bien, en el sueño veo que su vida está en peligro, los médicos luchan por salvarle la vida. Luego, aparece otra persona que la conoce a ella y también a mí, nos miramos. Esa persona aparece irradiando una luz intensa que por momentos llega a cegarme. No puedo hablar, solo escucho lo que dicen médicos y enfermeras. Tienen que hacer uso de un desfibrilador para salvarle la vida a la muchacha; lo logran. Luego ella es trasladada a otro piso de ese hospital. Escucho decir que la llevan a la unidad de cuidado coronario. La persona que apareció, desaparece sin que yo me percate de ello. Luego veo planos del hospital, mientras me aventuro a caminar por los pasadizos. El sueño parece terminar cuando veo alejarse la camilla con ella, cada vez más y más. En eso siento una fuerza que me quiere guiar para leer el nombre de ese hospital, pero no lo logro hacer. Me despertaron. Bien, eso es todo Marina Zin, ¿qué piensas?

—¿Esta persona que aparece en sus sueños irradiando esa luz, es alguien que esta fallecido?, ¿verdad míster Donovan?

—Acertaste: cómo lo supiste Marina Zin.

—Míster Donovan. ¿La mujer y ese ser de luz estuvieron unidos alguna vez, son familia, amigos, esposos?

—Ellos iban a casarse, pero él falleció.

—Pobre muchacha, debe haber sufrido mucho. Pero no entiendo, el porqué él sigue sufriendo por ella. ¿Existe algo más?

—¿Crees que él está sufriendo por ella Marina Zin?

—Todo hace ver que así es, míster Donovan.

Frank hace una pausa y prosigue.

—Él se me apareció un día y yo le ayudé, al menos, realicé mi trabajo de paramédico lo mejor que pude. Me dijo en medio de su agonía, que debía de buscar a su novia y salvarle la vida, que al hacerlo... yo también hallaría la felicidad.

—¿Y esa es la razón por la que está usted viajando hasta Australia, para conocerla y hallar su felicidad?

—Sabes Marina Zin, ya es tarde para arrepentirme, pero no debí aceptar esto desde un principio. No entiendo por qué estúpidamente agregué más complicaciones a mi atropellada vida. Sí tú supieras todo lo que he padecido para lograr llegar hasta aquí, no me lo creerías. Y con respecto a encontrar mi felicidad; de eso, no estoy tan seguro.

—Míster Donovan, lo que usted me ha contado es muy hermoso, yo solo me atrevería a decirle que usted debe seguir adelante. Debe encontrar a esa muchacha y pienso que ese sueño es una advertencia, una señal que algo malo le está por suceder a ella.

—Entonces, tú crees Marina Zin, que el mensaje de ese sueño es que ella está... en peligro.

—Sí míster Donovan, ella está atrapada y usted de alguna forma, la liberará. Pero…

Marina, decide callar, pues por lo que conoce de los sueños, todo ascenso en la escala de las almas, tiene un sacrificio.

—Marina Zin. Dímelo.

—Míster Donovan, en mi pueblo se acostumbra decir que todos venimos a esta vida, para aprender. Algunos ciertamente evolucionamos, pero otros no. A usted la vida le está brindando una oportunidad única para ascender, para estar más cerca del *bodhi*.

—¿Qué es eso, que es *bodhi*?

—Trataré de explicárselo. Mi religión es el *Budismo*, en ella se nos enseña relatos sobre la vida de *Siddhartha Gautama*, usted debe conocerlo con el nombre de *Buda*.

—Por supuesto Marina Zin; Buda, ese nombre lo conozco.

—En todos los relatos que aprendí de Buda, quien también aparece como *bodhisattva*, alguien que atraviesa muchos obstáculos en varias vidas, en su camino hacia lo que denominamos: *Nirvana*. Nirvana es un estado que se logra por diferentes prácticas y técnicas espirituales, y en donde nos liberamos de tanto sufrimiento. Existe la tradición de «dos cuatro encuentros», que *bodhisattva* realiza en cuatro ocasiones, en las cuales se escapó del palacio, a pesar de la precauciones de su padre; en ellas vio por primera vez en su vida: a un anciano, a un enfermo, a un cadáver y a un asceta. Todas estas realidades él las desconocía. Tenía veintinueve años, cuando decidió realizar su búsqueda personal que lo llevaría a investigar el problema del sufrimiento. Desde ese momento renunció a todos sus bienes, su herencia, su posición social y solo siguió prácticas religiosas. Todos los seres humanos míster Donovan, podemos alcanzar el Nirvana, todos tenemos el potencial de lograr terminar con nuestro sufrimiento. Le repito, la vida le está dando una oportunidad única para ascender, no la ignore míster Donovan. Busque a esa muchacha y ayúdela, el destino quiere eso, para que usted deje de sufrir.

Frank la ha escuchado con mucha atención, pero aún así sigue escéptico.

—Marina Zin, yo creo que ya he evolucionado bastante en esta vida. Sin embargo te agradezco toda la información de ese tal *bodhi... bodhisat... bodhisattva*, Buda.

—Le deseo míster Donovan, larga vida y que encuentre su felicidad.

—Gracias. Marina Zin.

Después de su relajante masaje volvió a darse otra ducha.

Luego de unos veinte minutos salió a buscar un lugar donde poder saborear un café y donas. Su comida chatarra… siempre le hacía falta.

Durante todas las ocho horas y veinticinco minutos que siguieron, después de abordar el Airbus y recorrer los restantes seis mil cuatrocientos cincuenta kilómetros, que distan para llegar a la ciudad de Brisbane, Frank no dejaría de pensar en ese sueño… y en las palabras de la bella Marina Zin.

CAPÍTULO 25

Mercury Hotel

Brisbane – Australia

Había maldecido al bajar del avión por todas esas horas de vuelo.

Abordó un taxi y, surgió casi de inmediato un dolor de cabeza, que se mantuvo perenne durante todo el trayecto que lo llevaba hasta el hotel. Pero después de darse un baño revitalizador, todo se disipó.

Se mudó a una ropa más holgada, se asomó a la ventana, la abrió y sintió la paz del rio Brisbane saludarlo.

Los ojos de Frank escudriñaban el infinito nocturno, mientras una brisa fresca lo despeinaba una y otra vez. Parecía ser una ciudad agradable —se decía—

y él, un perfecto *Búho*, asimilando cada detalle de luces y colores.

Llenó sus pulmones de ese nuevo aire, mientras cerraba sus ojos y exhaló un suspiro de alivio, por haber llegado hasta el final de su destino. Le llegó un deseo de deshacerse de cualquier rastro de cólera que aún tuviese. Se le ocurrió: ¡gritarle a la ciudad!

—¡Al fin estoy aquí maldita sea!

Era el mismo otra vez, recuperaba lo que él llamaba su... *energía vital.*

No escuchó ningún eco de su última maldición, solamente existía silencio perpetuo. Creyó que las horas habían avanzado más de la cuenta y ya eran cerca de la media noche, pero miró su reloj y, apenas eran las nueve.

—¿Las nueve?

Y por una sola vez en su vida, le inundó una sensación que le hizo juzgarse como un ser verdaderamente despreciable. Apoyado con sus manos sobre los cristales de la ventana, ahora cerrada; bajó su cabeza, como lo haría aquel que suplica clemencia. Recordó ese sueño nuevamente y las palabras de Marina Zin: *«Míster Donovan, lo que usted me ha contado es muy hermoso, yo solo me atrevería a decirle que usted debe seguir adelante. Debe encontrar a esa muchacha y pienso que ese sueño es una advertencia, una señal que algo malo le está por suceder a ella»*

Levantó nuevamente la mirada al infinito nocturno, y se respondió a sí mismo. Su imagen casi parecía reflejarse sobre el cristal templado, fusionándose con la oscuridad que antes admiró.

»Nada malo le sucederá a esa muchacha. Los sueños, sueños son después de todo. Para que precipitar una acción; es mejor que me tome un descanso reparador, ese vuelo me ha dejado tan agotado. Mañana lo veré todo con más calma.

Su altivez se imponía con todas sus fuerzas, en aceptar otra sugerencia u opinión diferente a la de él.

»Yo no puedo creer en tonterías. Lo mío solo fue un sueño, y un sueño es una fantasía de la mente.

»¿Existirá algo bueno en la televisión para ver a estas horas?

Dejó abruptamente ese lado de la habitación y caminó hasta el cómodo sofá de tres cuerpos y activó el control remoto. Se arrellano, hasta hallar la comodidad. Observó muchos canales buscando alguna película de acción y aventuras; las que siempre le atraían, pero no halló ninguna, muchas de ellas ya conocía como terminaban. Se detuvo en el *History Channel* pero en pocos minutos se aburrió.

En su mente merodeaba persistente, el recuerdo del rostro dormido y ausente de la muchacha en la sección de emergencias.

»¿Será esa mujer, realmente Joetta?

Frotaba su amplia frente con las yemas de los dedos de su mano derecha, como si tuviese un fuerte dolor de cabeza.

»Algo me dice que esta noche… no podré descansar como quería.

»¿Pero dónde diablos la encuentro?

Entonces como algo mágico que hacía florecer la sequedad de sus ideas y deseos, recordó las palabras de John Stanek: *«No puedo hablar más, siento que me ahogo. Señor Donovan, no estoy alucinando ni nada parecido. La princesa Alexandra. Sí, la princesa Alexandra lo guiará. Siga las pistas y encuéntrela. No la deje morir. Es el futuro el que me envió en esta misión. Es la vida surgiendo ante la muerte. Es…»*

»Maldita sea, la vida surgiendo ante la muerte. ¿Y que se supone que debo de hacer? ¿Salir en esta noche a buscar a esa Joetta? ¡Dónde!

»¿Qué será la princesa Alexandra?

»¿Existirá aquí algo llamado princesa Alexandra?

Telefoneó a recepción.

»¿Dígame, le suena a usted el nombre de princesa Alexandra?

—Sí caballero, la princesa Alexandra, es uno de los mejores hospitales de la ciudad.

Sintió un escalofrío recorrerle de la cabeza a los pies. Una sacudida que le quitó el habla por unos segundos.

—¿Respondí a su pregunta caballero? —preguntó la recepcionista, pues siguieron segundos en blanco donde no escuchaba a la otra persona del otro lado de la línea y requería una respuesta para medir si el servicio ofrecido era el correcto.

»¿Caballero está usted ahí?

Frank reaccionó.

—Voy a requerir un taxi que me lleve a ese hospital, enseguida.

—¿Se siente usted mal caballero?

—Solo. Consígame. El taxi.

Frank colgó. Se cambió nuevamente a una ropa conservadora y apropiada para la visita que realizaría. Cogió una camisa limpia de su maleta y se la puso. Luego un pantalón y una chaqueta, en apenas cinco minutos más ya estaba listo para ir al encuentro de la tal… Joetta.

»Voy a terminar con todo esto esta misma noche, para mañana estar libre y conocer esta linda ciudad y luego marcharme, al hogar dulce hogar.

Bajó de inmediato.

El taxi ya lo aguardaba con las instrucciones de conducirlo hasta el hospital.

La recepcionista que minutos antes habló con él, interrumpió su camino.

—Señor Donovan, el taxi lo aguarda, pero... lo interrumpí solo para decirle, que el horario de visitante en los hospitales terminó a las ocho de la noche —la señorita miró su reloj— Frank entendió perfectamente.

—Le entiendo. Pero entonces, ¿a qué hora vuelven a recibir visitantes?

—Hoy es sábado y los fines de semana, los hospitales aceptan visitas para los pacientes desde la media noche hasta las ocho de la noche únicamente.

—Eso quiere decir que tengo que esperar unas horas más para poder acceder a la visita del día domingo. ¿Es correcto?

La recepcionista guardó un silencio intrigante de algunos segundos.

Frank lo intuyó rápidamente.

—Hay algo más que quiere decirme, ¿no es así?

Ella realizó una mueca entre sus labios, no sabía cómo decírselo. Pero se apuró, pues el turista que tenia frente a ella, ya ponía cara de «pocos amigos».

—Cada sala de hospital tiene una lista completa de los visitantes y los horarios de visita. Hay que solicitarla telefónicamente. Yo puedo hacerlo, tengo sus datos pero si usted es tan gentil de proporcionarme el nombre del paciente, eso sería mejor.

—Era lo único que me faltaba. Para su información respecto de la paciente que vengo a visitar, tiene un solo nombre: Joetta Daniels. No me pregunte nada más pues no lo sé. Debe estar en la sala de cuidado coronario.

»¿Es todo, o aún falta más? —preguntó con su acostumbrado sarcasmo.

—Sí señor Donovan. Es todo.

—Entonces me voy.

—¿Pero esperará muchas horas?

—¿Supongo que venderán café? O, ¿también tengo que estar en una lista?

La recepcionista, percibió el sarcasmo. Decidió prudentemente no agregar más leña al fuego.

—Enseguida llamaré señor Donovan, para que lo inscriban.

—Me parece muy bien. Adiós.

—Vaya con Dios, señor Donovan.

Ese... «Vaya con Dios», le sonó a burla. No quiso responder nada más. Se marchó en el taxi.

CAPÍTULO 26

En las horas que siguieron al incidente, Joetta se restableció gradualmente.

El doctor Bramwell les explicó a los padres que ella no saldría del hospital, hasta que se le haya realizado el trasplante. Les explicó también su estado actual, muy delicado y la tendencia de que las complicaciones con su corazón aumenten.

Solo restaba esperar y rogar a Dios, para que nada malo le suceda antes de hallar al donante. Su vida caminaba sobre una cuerda floja, y de caerse, no encontraría ninguna red que la sostenga.

La unidad de cuidado coronario albergaba como a cinco pacientes mujeres de distinta edad en ese momento. Cada cama estaba separaba una de otra a través de cortinas de color celeste.

Transcurrieron dieciséis horas desde que la internaron por la sala de emergencia. Durante ese tiempo despertó y durmió en varias ocasiones. Se preguntaba solamente el porqué los médicos y enfermeras usaban mascarillas, cada vez que se acercaban a ella, como si fuera la portadora de un virus muy contagioso. Pero al preguntar, le explicaron que ese era el protocolo para esa unidad. Lo entendió, claro que lo entendió.

Bramwell dejó instrucciones precisas de medicamentos a suministrar a la paciente. Pudo también hablar con Joetta y explicarle su condición, la misma que explicó a sus padres, que no saldría del hospital hasta estar, totalmente sana y con su nuevo riñón.

Felizmente Danna tuvo la certeza de dejarle unas revistas, un set de maquillaje y un peine, pues Joetta acostumbra peinar su larga cabellera poco antes de dormir. Era un momento íntimo y agradable que aprendió de su madre. Sentada al borde de la cama, este placentero acto, le tomará varios minutos.

Durante todo el trayecto al princesa Alexandra, Frank recordó una y otra vez cada palabra pronunciada por John Stanek. Y una pregunta emergía siempre: ¿por qué yo?

—¿Por qué estoy aquí haciendo esto? Estoy tan cerca de encontrarme cara a cara con Joetta. ¿Qué tal odisea la que he realizado? ¿Qué hubiera sucedido si aquella mañana no conducía por esa ruta? Tal vez nada,

pues solo lo hice para recoger los abrigos de mi hermana. Mi hermana Monalisa, que se molestó tanto cuando
le entregué dos, de sus tres abrigos más costosos. ¿Qué
será de ella? ¿Qué me diría si supiera la aventura en la
que me embarqué, por ayudar a un muerto? Sí, seguramente me diría que estoy completamente loco y se hubiera marchado muy preocupada, creo que hice bien en
no explicarle nada, nunca entendió la real dimensión de
mi trabajo, el de salvar vidas.

El taxista le indicó que su destino final se encontraba a unos cien metros.

El taxi se detuvo. Frank bajó y al hacerlo se llenó de una sensación inquietante, de una tranquilidad
que se respiraba hasta en el aire.

Ese era el lugar sin duda alguna, el hospital princesa Alexandra. Es el nombre que fue pronunciado por
Stanek, hace ya algunos días y que realmente lo tiene
que guiar, hasta su encuentro con Joetta.

Frank, detuvo sus pasos antes de ingresar, murmuró algunas palabras al viento y mirando al cielo nocturno, retratado de tantas brillantes estrellas, dijo:

—Capitán John Stanek, estoy por cumplir su
deseo, conocer a Joetta y aunque aún no entiendo el
porqué seré yo quien le salve la vida, quiero decirle que
usted fue quien ganó finalmente. Yo, el perfecto escéptico que nunca le creyó, mientras usted agonizaba frente
a mí y mientras me suplicaba que se lo prometiera. Yo,

he llegado hasta aquí para entregar la carta de usted a su amada. Solo haré eso y me retiraré, mañana conoceré Brisbane, mañana recién podré disfrutar finalmente de mis vacaciones.

Su corazón se aceleró con cada paso que lo acercaba hacia la unidad de emergencia. Cuando entró, sufrió una parálisis en todo su cuerpo. Ese lugar, ese lugar era tan idéntico, al de aquel sueño en el avión. No lo creyó posible. Pero sí, estaban todos los detalles. Y si ese *todo*, era correcto, entonces con tan solo caminar unos pasos más allá y se toparía con el plano del hospital.

Efectivamente, caminó hasta donde recordó que lo hallaría.

Allí estaba, indicando precisamente su posición actual y las dos secciones azul y naranja en las que se divide el princesa Alexandra, cada una con sus respectivos ascensores de acceso.

Se reproducían velozmente las imágenes de su sueño.

Ahora podía oír a aquellas enfermeras decir que llevaban a la paciente a la unidad de cuidado coronario. Al nivel *tres E*.

—Sí, era el nivel: tres E.

Guardias de seguridad impedían el ingreso a otras áreas fuera de emergencia.

Intentó regresar sobre sus pasos, cuando una jaqueca intensa parecía presionarle cada centímetro de su cerebro. Nunca sufrió de migrañas ni nada parecido. Esto era muy extraño. Todo parecía girar en cámara lenta. Le era difícil pensar, todo le daba vueltas.

Sentía rápidamente que las fuerzas le abandonaban. Escalofrío.

Trató de dar otro paso, pero no pudo lograrlo, se desmayó.

Su cuerpo cayó pesadamente en el piso.

Una enfermera pidió ayuda. Fue inmediatamente llevado a emergencia.

Por momentos abría los ojos y era como estar atrapado dentro de su propio cuerpo.

—¿Puede oírme?, ¿toma usted algún medicamento para su corazón? —un médico le interrogaba mientras le apuntaba el haz de luz de una pequeña linterna directo a sus ojos.

¿Corazón? Sí, esa fue la palabra que logró escuchar.

Yo nunca he sufrido del corazón. Mi corazón es tan fuerte como el de un toro —quería responderle, pero su boca no admitía movimiento.

Atado a otros instrumentos que median ya su presión, sentía además como las agujas penetraban su piel inyectándole suero.

Su cabeza le seguía dando vueltas. Le inundaba un adormecimiento.

»Prepárenlo para ECG —ordenó el médico.

ECG, Frank conocía esas siglas, son las de *Electrocardiograma*.

¿Por qué? Preguntó, o al menos él creyó que hablaba y era escuchado, pero seguía atrapado en su mente.

Una voz femenina. Debe ser la de una enfermera.

—La frecuencia es de cincuenta latidos por minuto doctor, bajando ahora a cuarenta y nueve…

—¡Atropina cero punto cinco miligramos! —solicitaba el doctor con urgencia.

Después de que la enfermera inyectó la solución en el suero, el doctor dio la orden que se le inyecten otras tres dosis, con intervalos de cinco minutos cada una.

—Que se le traslade a la unidad de cuidado coronario. Entra en observación por las próximas cuarenta y ocho horas —el doctor firmó la orden y Frank fue conducido en una camilla hasta el nivel: tres E, sector varones.

CAPÍTULO 27

Frank se despertó de golpe veinte minutos después; su cuerpo reposaba en una cama de hospital.

Trató de incorporarse, miró su mano y la bolsa de suero que colgaba de un sujetador metálico. Recordaba su desmayo, la ausencia gradual de sus sentidos, la luz que se disipó por completo y de pronto, las voces que escuchó en medio de… no sabía dónde.

Observó a su alrededor y otros pacientes dormían. Algunos conectados a diversos monitores activados siguiendo sus funciones vitales. Cuando miró su otra mano y siguió el recorrido de un cable que se aferraba a su dedo, descubrió que él también estaba conectado a otro equipo igual.

—¿Mi corazón?

»Maldito John Stanek me has hecho llegar hasta aquí, haciéndome que me desmaye. He podido morirme desgraciado.

Hablaba solo en esa habitación, su voz era un murmullo.

Se sentía arrabiado pensando que John Stanek o lo que fuese ahora, alma o espíritu; era el responsable de su internamiento en el hospital.

»Es una coincidencia perfecta…

»Maldita la hora en que te conocí. Pero bien, yo no hubiera traspasado todas esas barreras de seguridad, y si lo que quieres, es que finalmente entregue tu carta, eso es lo que haré enseguida infeliz.

»¡La carta! ¿Dónde está la maldita carta?

Recién notó que tenía una ropa diferente, una de paciente hospitalario. Frank había sido despojado de su ropa y en uno de los bolsillos de su chaqueta se encontraba la carta.

—¿Dónde mierda han puesto mi ropa?

Frank estaba al corriente que el sensor cardiaco activaría alguna alarma si se lo quitaba. Lo hizo intencionalmente. Quería que alguien viniese.

Dos enfermeras llegaron presurosas.

Frank las esperaba con los brazos cruzados, descansando su espalda sobre dos blandas almohadas y una cara de pocos amigos que destellaba con una mirada de furia.

—¿Señor le sucede algo?

—Me sucede mucho, puede decirme alguna de ustedes: ¿dónde diablos esta mi ropa?

Las enfermeras se miraron. Una de ellas intentó responder, pero prefirió caminar primero en dirección a un closet ubicado frente a Frank, como a unos cinco metros. Lo abrió.

—Toda su ropa esta aquí señor y las instrucciones del médico son que será monitoreado dentro de las cuarenta y ocho horas.

—¿Qué? Si creen ustedes y ese doctor, que voy a quedarme un día más en este hospital están bien equivocados. Me voy inmediatamente.

Las enfermeras nuevamente se miraron.

Frank ya caminaba en dirección del closet para retirar su ropa.

La enfermera que antes le mostró la ropa le ganaba pasos y cerró con llave el mueble.

—¿Qué está haciendo usted? ¡Ábralo! —le dijo Frank con el entrecejo fruncido de su rostro serio y una voz tan igual de fuerte como la de un comando dando órdenes a uno de sus subalternos.

—Señor, las órdenes del médico son estrictas. Usted no puede abandonar el hospital hasta ser evaluado completamente o hasta que firme un documento exonerando al hospital de toda demanda posterior.

—Muy bien, firmaré; tráigame el documento.

—Mañana el mismo médico se lo traerá, por esta noche debe permanecer aquí.

—Esto es un secuestro —su voz delataba su rabia.

Después de descargar parte de su cólera, Frank recapacitó.

Se encontraba en el nivel apropiado, en el *tres E*. Muy cerca de Joetta. Quizá tan solo a unos metros para culminar toda su aventura. Era mejor tragarse todas sus palabras y aceptar la recomendación de esa enfermera.

—Bien, me quedaré hasta mañana. Pero solo hágame un gran favor, necesito leer una carta que está en mi chaqueta. ¿Puede usted abrir el...?

La enfermera no dijo nada, solo procedió a abrir el closet.

Frank obtuvo lo que quería y se volvió hacia la cama. Las enfermeras se marcharon.

Aquella noche Joetta no tenia sueño.

Luego de relajarse peinando sus largos cabellos, decidió leer una de las revistas que Danna le dejó, entre las diversas cosas que conocía le harían falta.

Al menos, se sentía estable, y algo adolorida pero más vigorosa, después de haber vivido aquel momento tan traumático de sentir en carne propia, como la vida se le escapaba sin que ella pudiera detenerla.

Pero la quietud de esa noche poseía una carga diferente de silencio y soledad. Tal vez era el lugar o tal vez simplemente ella —se dijo.

Por momentos dejaba de leer y miraba en dirección a la puerta, y clavaba su mirada en ella, tan fijamente como si pudiese vaticinar que pronto alguien la abriría, alguien que tendría algo de *familiar* para ella. Ignoraba la razón de ese presentimiento, nunca en su vida le sucedió algo parecido. También descubrió increíblemente que aquel pronóstico no producía en ella la sensación de terror o de miedo. Su corazón latía calmadamente.

Continuó leyendo. Hasta que su presentimiento produjo una forma humana, que se dejaba ver a través del cristal opaco de la puerta. Era la de un hombre tratando de ingresar a la unidad de cuidado coronario... de pacientes mujeres.

Joetta apagó la luz que alumbraba por encima de su cabeza. Ahora ciertamente toda el área se convertía en un ambiente ligeramente sombrío. La pequeña lámpara tenia la particularidad de poder adoptar el ángulo que quisiera, la enfocó frente a ella, como para que al activarla, la luz ciegue a quien pretenda hacerle algún daño.

—Maldita sea, solo esto me faltaba, necesito más luz. Esas parecen ser camas...

Joetta logró escuchar con claridad ese murmullo y cada palabra pronunciada por ese individuo.

El individuo parecía vestir de alguna indumentaria de color pastel. Joetta, seguía esa forma en medio de las sombras y luces tenues y, cuando el sujeto estuvo a escasos metros de ella... activó la luz.

—¿Quién es usted y que busca aquí?, hable pronto o gritaré.

La sorpresiva luz, tan directa y brillante sacudió hasta el fondo de los ojos de Frank. Aún no se recuperaba y la advertencia de esa mujer le decía que tenía que decir algo y pronto. Tragó saliva.

—Mi nombre es Frank Donovan y estoy buscando a una paciente, que debe de estar en esta sección. No vengo a hacer daño a nadie.

Frank utilizaba una de sus manos frente a sus ojos para ocultar algo de la luz.

La imagen de aquella mujer comenzaba gradualmente a ser más visible.

Frank bajaba su mano lentamente. Todo le parecía como un telón oscuro, que poco a poco le iba develando la mejor sorpresa de su vida. El mejor espectáculo… y solo para sus ojos.

Ahora la podía ver y era realmente la mujer más linda que había visto en su vida. Le parecía imposible, pero existía en esta mujer una semejanza, a aquella que se le apareció entre sueños, durante los días siguientes a la desaparición de Stanek. No lo podía creer, así mismo, tenía tantos detalles idénticos a la muchacha del paro cardíaco en la sala de emergencia, ésa cuyo rostro yacía sin brillo, cuando el ser luminoso y él la contemplaban sin poder ayudar en nada.

Se quedó mirándola fijamente como si el tiempo o la amenaza de ella ya no importasen nada. Quería hablarle pero no podía. Un nudo invisible ajustaba todo su cuello. Descubría que su corazón y sus ojos reposaban en una paz y tranquilidad que nunca experimentó. Su alma parecía elevarse hasta alcanzar las estrellas. Era tan agradable verla, saber que se encontraba tan cerca. Saber que esta vez no era una fantasía, un sueño. Ella era real.

La muchacha era un verdadero placer para su vista. Esos segundos parecían eternos, estáticos. Tan llenos de gracia y dulzura. Una mujer que no estaba maquillada y mostraba toda su armonía natural.

—Dígalo ya —exigió Joetta sin elevar la voz, pero dándole el tono preciso para ser entendida.

Esas palabras le hicieron a Frank volver a la realidad.

Pero solo atinó a decir una palabra transformada en nombre de mujer, que brillaba en medio de sus pensamientos:

—¡Joetta! Usted es Joetta. Usted es tan... hermosa.

—Déjese de tonterías, diga ya a quien está buscando.

—A usted.

—¿A mí? Yo no lo conozco.

—Eso es cierto, pero ambos conocimos a alguien que tuvo una notable influencia en nuestras vidas. Alguien que fue muy importante.

—Explíquese mejor, no le entiendo nada —Joetta mostraba cierta irritabilidad.

Frank se detuvo unos segundos en silencio, quería como prepararla, pues ignoraba cuál iba a ser la reacción de ella.

—Yo conocí a su novio, al capitán John Stanek.

Las onduladas líneas de expresión de la frente de Joetta se relajaron, como lo hace cualquiera al recibir una sorpresa. Sus delicados parpados se cerraron. Ella hubiera querido que este sujeto le dijera cualquier otro nombre, pero el de su novio, después de todos estos años, le resultaba muy doloroso escucharlo.

—Repítalo. Repítame ese nombre.

—John Stanek. Capitán del ejército británico. Desaparecido en Afganistán, hace más de tres años.

Ahora era Joetta quien quería responder y no podía. Ahora era ella, quien tenía una cuerda invisible alrededor de su cuello oprimiéndole la garganta. Pero de poder hacerlo, que conseguiría decir de aquel amor que desapareció sin decirle nunca un adiós.

Sentía que su cuerpo se desvanecía, que un ahoguío se apoderaba de su pecho. La aflicción la tomó por sorpresa inundándole el alma con violencia. Y un dolor se extendía corriendo por su brazo izquierdo.

La misma sensación de vacío y dolor de aquella madrugada reciente, cuando la trajeron de emergencia. La misma sensación cuando su corazón… se paralizó.

Tosió. Pretendía decir algo.

Su rostro dibujaba el gesto de un golpe de dolor que lo decía todo.

Frank descubrió enseguida lo que le estaba sucediendo a esa bella mujer: *un infarto.*

Con toda su experiencia de paramédico trató de atenderla de inmediato.

Los músculos del corazón de Joetta dejaban de latir frente a él. El sonido intenso del monitor era la prueba.

—¡No!

Se acercó a ella, y comenzó a aplicarle rápidamente movimientos sobre su pecho con ambas manos para resucitarla. No quería perderla. Aquella mujer le acarició el alma, más que ninguna otra en la vida. Aquella mujer poseía algo que le atraía, tal vez era el simple sonido de su voz o puramente su belleza natural.

—¡Joetta no me deje, Joetta!

Tres enfermeras llegaron. Una al ver a Frank sobre la paciente, se atrevió a decirle:

—¡Quién es usted! ¡Que hace aquí!

—Eso no importa ahora, soy paramédico. Ella sufre un infarto.

El médico de turno y otro ayudante ingresaron y activaron de inmediato el equipo de resucitación.

Frank los dejó trabajar, pero mientras se retiraba, observó la ficha clínica al pie de la cama. En un descuido la tomó y la leyó con rapidez. No lo podía creer, Joetta, esa mujer tan linda que sus ojos hace tan solo unos minutos antes, contemplaron con gran admiración y placer, moriría de no recibir pronto un trasplante de riñón. Leyó también que la paciente estaba en espera, para recibir donante de muerte cerebral o corazón detenido. Tenía código asignado por la oficina de donantes de Queensland. Médico responsable: Iván Bramwell.

—¿Iván Bramwell? —pronunció nuevamente el nombre del médico a cargo.

El sonido del monitor volvió a activarse, el corazón de Joetta volvía a latir, luego de aplicarle la tercera descarga.

Frank dejó la habitación en el preciso momento que dos guardias de seguridad ingresaron buscándolo. Fue detenido.

Mientras era conducido a la fuerza, no dejaba de gritar:

—Quiero ver al doctor Iván Bramwell. ¡Quiero ver al doctor Iván Bramwell!

Bramwell recorría aquella noche, los más de veinte kilómetros que separan su casa, del princesa Alexandra.

Ese día, que aún no terminaba y no le correspondía atender en turno nocturno.

Pero como le dijo a su esposa, tenía un extraño vaticinio surgido durante su descanso de atardecer. Un sueño veloz y algo premonitorio. Algo impactante para alguien que nunca acostumbra recordar sus sueños y que afirmó muchas veces, que él simplemente no soñaba. En ese sueño como nunca, se vio realizando una cirugía de trasplante de riñón e increíblemente la paciente era su adorada Joetta. Todo era tan real. Hasta pudo también ver el rostro del donante y conocer hasta su nombre: Frank Donovan.

Algo dentro de él, no podía ignorar esa alerta tan llena de precisos detalles. ¿Qué podía perder? —se dijo. Habló con su esposa de ese sueño corto pero tan vívido, y ella influyó igualmente en la misma decisión: ir al hospital esa noche.

Faltando unos diez kilómetros para llegar, se conectó telefónicamente con el princesa Alexandra.

—Soy el doctor Bramwell, ¿alguna novedad de mis pacientes?

—Doctor justamente estábamos por llamarlo. La paciente Joetta entró en crisis, tuvo otro infarto. Existe aquí un ciudadano extranjero que pregunta por usted, está detenido en seguridad, pero pronto será liberado, no hay cargos y no cometió ningún delito.

—¿Conoce el nombre de esa persona?

—Es también paciente hospitalario, se le admitió con el nombre de Frank Donovan.

Iván Bramwell, presionó el acelerador.

—Enfermera detenga a esa persona que no se marche, estoy llegando al hospital.

—¿Pero doctor?

—¡Deténganlo!

—Bien doctor, me comunicaré enseguida con seguridad.

Bramwell, estacionó rápidamente su vehículo y corrió hasta el departamento de seguridad ubicado en el sótano.

Bajó las escaleras de dos escalones en dos, casi saltando, como nunca en su vida lo había hecho, se alegró de mantener un buen estado físico. En unos segundos ya se estaba presentando al oficial a cargo.

—Doctor Bramwell —el oficial lo saludó algo sorprendido.

—Como esta Peter. Me dijeron que tiene detenido a un sujeto de nombre Frank Donovan, que preguntó por mí.

—Sí doctor. Lo detuvimos en el nivel tres al hallarlo en la unidad de cuidado coronario de mujeres, el sujeto es también paciente. Es muy violento.

—Quiero verlo.

—Sígame doctor.

Mientras caminaban a la unidad de detención, Peter iba narrando lo dicho por el tal Donovan hasta ahora.

—El sujeto dice que es norteamericano, al parecer recién llegó hoy procedente de Londres. Dice ser paramédico en Pennsylvania, unidad que pertenece al Departamento de Bomberos de Pittsburg, ubicado en el Mercy Hospital.

—Gracias Peter.

Cuando Bramwell tuvo a Frank frente a él, solo entendió que ese sujeto era la clave para salvar a Joetta. El mismo rostro que vio en su sueño. ¡El donante de Joetta!

—Puede dejarnos a solas Peter.

—¿Pero doctor?

—Vaya, no se preocupe, yo lo llamaré si sucede algo.

—Bien doctor.

Se miraron por unos cortos segundos. Frank fue el primero en intervenir.

—¿Usted representa a este hospital?

—Puede decirse que sí, señor Frank Donovan, pero hoy no lo represento, a quien realmente represento en este instante es a una de mis pacientes; a Joetta, la joven que usted conoció esta noche en circunstancias no tan apropiadas.

—Ya veo, usted debe de ser…

—Soy el doctor Iván Bramwell —le extendió la mano. Frank hizo lo mismo.

—Leí su nombre en la historia clínica de la señorita Joetta.

—Si lo hizo, ya sabe que la vida de ella pende de un hilo.

Frank le dio la espalda, caminó por el estrecho ambiente de donde se encontraba; una habitación de tres por cuatro metros cuadrados que hacía las veces de celda.

—Observé que ella tiene una orden para buscar donante fallecido.

—Sí, era la segunda opción y la estamos utilizando.

—La primera era desde luego utilizar un donante vivo, que ciertamente es lo mejor, pero veo que no abundan por aquí —Frank nunca dejaba ir a su sarcasmo.

—Veo que conoce la existencia de estas opciones. Y efectivamente como usted lo dice, son *escasos* por aquí.

—¿Por qué vino a verme doctor Bramwell? ¿Me puedo ir de aquí?

Bramwell guardó silencio mientras seleccionaba las palabras apropiadas para decirle que no quería que se marchara, sin antes salvar la vida de Joetta.

—No sé, como explicárselo señor Donovan; para empezar, yo no debería estar aquí, no en esta noche, pues mi turno ya ocurrió durante la mañana. Pero mientras descansaba en mi casa tuve un sueño, un sueño en el cual usted y yo salvábamos a Joetta.

Frank decidió sentarse en la única silla del lugar. Cruzó los brazos, esbozó una sonrisa, pues él también alguna vez soñó con Joetta. Adoptó una posición en la que parecía decirle a Bramwell, habla todo lo que quieras pues te escucho pero no te entiendo, pues ya sé lo que pretendes y… no me importa nada.

Bramwell creyó que Frank mostraría algún tipo de interés por lo que había dicho, pero simplemente parecía ausente y callado. Le siguió hablando.

—Yo nunca acostumbro recordar mis sueños, no soy como mi esposa, que hasta me los cuenta con lujo de detalles. Siempre me he jactado que nunca sueño, ¿sabe usted? Pero hoy, lo vi a usted y a Joetta en el quirófano, usted le donaba el órgano que le salvaba la vida.

Frank parecía una verdadera roca, totalmente imperturbable.

Bramwell decidió seguir…

»Señor Donovan, generalmente en la medicina no nos valemos de suposiciones, sino de hechos; pero apostaría todo lo que tengo, que usted tiene ese riñón compatible con el de ella. Pienso y estoy seguro que usted es el único que puede salvarle la vida.

Parece que esas últimas palabras activaron la razón de Frank nuevamente.

—«Salvarle la vida» ¿Dónde escuché antes esas palabras? «Salvarle la vida».

Las palabras de Stanek parecían repetirse en el interior de su mente: *La vida de ella está en peligro y usted, solo usted podrá salvarla...*

»Por supuesto, fueron las palabras que alguna vez escuché pronunciar de mi gran amigo John Stanek; quien debe estar riéndose de mí en algún rincón del universo. Desde luego: ¡Elegiste al que se supone el más tonto de todos para esta misión! ¡Verdad Stanek! ¡Púdrete maldito! ¡Púdrete donde quieras que estés! ¡Yo no voy a donar mi riñón! ¡Ese no fue el trato John Stanek! ¡Ese no fue el trato!

Frank le gritaba al piso, al techo y a las paredes, él estaba seguro que Stanek tenía presencia en ese lugar. Que lo escuchaba.

Bramwell quedó impresionado por la reacción de Frank, que poco a poco ya se retiraba algunos pasos atrás, como previniendo alguna otra reacción más agresiva. Trataba de llegar a la puerta. Ignoraba el porqué de la reacción violenta y las palabras fuertes del tal Donovan, pero sin duda, esto era algo que se arrastraba desde hace algún tiempo atrás. Algo, en lo que ahora Bramwell había sido involucrado.

—Señor Donovan cálmese, no es para tanto.

Peter llegó corriendo al escuchar los gritos. Bramwell le solicitó no intervenga.

—¿Qué no es para tanto? Si usted supiera todo lo que he pasado. Viajar de un continente a otro. Horas y horas insoportables en aviones, tratando de hacer lo que creía correcto. Llegar aquí, hallarla a ella y entregarle una miserable carta de su novio. ¡Esta carta!

Frank le mostraba la carta a Bramwell presionándola y casi arrugándola entre sus dedos pulgar e índice.

En ese instante Frank se sentó y adoptó la pose de la escultura del pensador de *Rodan*. Pensaba en ella, en Joetta, en lo realmente hermosa que era, en lo que debe de estar sufriendo. Recordaba la manera casi espontánea en la que su corazón se alegró al sentirla tan cerca. Un sentimiento noble surgido en él, después de mucho tiempo. Un sentimiento difícil de ignorar.

También las palabras de Marina Zin, reposaron como olas de mar, en la orilla de sus pensamientos: *...la vida le está dando una oportunidad única para ascender, no la ignore míster Donovan. Busque a esa muchacha y ayúdela, el destino quiere eso, para que usted deje de sufrir.*

Iván Bramwell no quería darse por vencido, deseaba poder negociar favorablemente para Joetta. Necesitaba convencerlo.

—Señor Donovan, efectivamente usted es libre de decidir, si donar su órgano o no. Pero déjeme decirle que a esa muchacha la conozco de casi toda la vida, la he atendido en casi todos sus padecimientos, y también a su familia. Joetta es una mujer honorable y sencilla, usted ya la conoció y es también desde luego muy hermosa, yo me atrevería a decir que es una de las mujeres más hermosas de Brisbane. Siempre le hacía bromas para que postule a algún concurso de belleza, pero siempre le daba risa todo ello. Desde que descubrí su mal, pensé que ella no merecía sufrir así. Hubiera sido muy bueno hallar al donante entre los candidatos que ella recomendó, pero ninguno resultó compatible. El tiempo ingratamente se fue acortando y las complicaciones surgiendo. Tal vez ahora solo le queden algunas horas de vida y siendo más entusiastas… unos cuantos días. El destino para ella le es tan adverso, pues aún así se lograra conseguir un donante recientemente fallecido, la prioridad, la tiene otro hospital. Como puede ver señor Donovan, todo parece estar en contra de ella. Yo personalmente no logro entender el porqué este destino, le ha sido tan esquivo.

Bramwell creyó haber dicho ya lo suficiente y percibía que con ninguna de sus palabras lograba ablandar el corazón de Frank Donovan. Decidió retirarse…

—Fue un gusto señor Donovan. Puede irse cuando usted guste.

Frank pensaba en todas aquellas personas a las que como paramédico nunca pudo salvar. Llevaba la cuenta de todos estos años: *quince*. Le gustaba su profesión. Le gustaba ayudar al prójimo, pero ciertamente el destino le hizo sufrir con cada perdida. Pensó que ahora el destino nuevamente lo ponía a prueba. Joetta, podía significar el número dieciséis de su larga lista. Pero Joetta aún podía ser salvada con su riñón, que seguramente le era compatible, desde luego que lo era. Decidió detener a Bramwell unos minutos.

—Espere doctor.

Bramwell volteó a verlo.

—Dígame Donovan.

—¿Cómo será la operación?

—Le extraeremos a usted un riñón, el cual conectaremos a las arterias, venas y uretra de ella, dejaremos los riñones dañados en su lugar. Suturaremos la incisión. El nuevo riñón comenzará a producir orina, casi de inmediato.

—¿Cuánto tiempo durará?, usted sabe, la operación.

—De tres a seis horas.

Frank frotó la palma de su mano derecha por casi toda su cara.

—Lo haré doctor Bramwell, lo haré. Voy a salvarla. Voy a salvar a Joetta.

—Gracias, a nombre de ella.

Bramwell escuchó las palabras más hermosas de toda su vida.

—Bien, ¿Qué sigue doctor?

—Ordenaré que le hagan enseguida una muestra de compatibilidad, la cual estoy seguro saldrá positiva para ella. Luego prepararé el quirófano y a mi equipo de cirugía, creo que con los primeros rayos de sol podremos estar operándola.

—¿Tiene una habitación más cómoda para mí?

—Desde luego, sígame.

Caminaron juntos hasta el ascensor. Ya dentro, Frank decidió solicitarle algo más a Bramwell.

—¿Cuánto tiempo estará Joetta hospitalizada?

—Un máximo de dos semanas, tal vez menos, es joven, se recuperará rápido.

—¿Cuánto tiempo cree que yo me tarde en recuperar?

—Tal vez menos tiempo.

—Quiero pedirle entonces un favor doctor Bramwell.

—Dígame Donovan

—Esta carta que antes le mostré, me gustaría que se la entregue personalmente a ella, cuando ya esté recuperada. Fue la razón por la que llegué hasta este extremo del mundo. Yo me iré, en cuanto recupere mis fuerzas.

—¿Pero ella querrá conocerlo?

—Ya me conoció y le origine un paro cardiaco, no creo que sea necesaria mi presencia, además… tengo trabajo aguardándome.

—Por supuesto que sí Donovan, se la entregaré personalmente. ¿Quiere que le diga algo más? —Bramwell tomó la carta y la guardó.

—No doctor. Eso es todo; hoy mi vida cambió para siempre. Creo que comienzo a entenderla mucho mejor. Confiaré en usted entonces.

Bramwell le dio un gesto afirmativo.

CAPÍTULO 28

La operación demoró cinco horas.

A los quince días el doctor Bramwell comunicó a Joetta que podía reiniciar su vida, —ella se alegró con euforia— el riñón trasplantado funcionaba a la perfección. Desde luego, se le comunicó que debería de tener ciertos cuidados, entre ellos: tomar los medicamentos asignados, diariamente tendría que pesar la cantidad de líquidos ingeridos y la orina eliminada, restringir de sus alimentos la sal y ciertas proteínas, igualmente no podría beber nada de alcohol, al menos, durante el primer año.

Iván Bramwell le entregó el teléfono de emergencia de la unidad de nefrología; a la cual acudiría de experimentar ciertas situaciones. Fue una larga lista que dejó, desde luego, muy pensativa a Joetta. Comenzaba con: inflamación o aumento del dolor en el sitio de la incisión. Dolor, ardor, urgencia o frecuencia para orinar. Vómitos, materia fecal negra, estreñimiento o diarreas. Dolor abdominal o calambres. Aparición de úlce-

241

ras bucales o dolor de garganta. Dolor en el pecho, tos. Tos con sangre. Dolores de cabeza, confusión o mareos y hasta pérdida de la conciencia. Piernas, pantorrillas o pies inflamados. Presión arterial elevada. Y por último, subir más de uno y medio kilogramos de peso en un día.

Aquella mañana, Joetta acompañada de Danna, aceptó seguir con responsabilidad cada una de las especificaciones dadas por Bramwell.

—Ciertamente seguiré cada una de las indicaciones que usted me ha dado.

Joetta guardó unos segundos de silencio para liberar una pregunta. Ella solo quería volver a oír lo que hace algún tiempo el mismo Iván le dijera.

—Doctor, con mi nuevo riñón, ¿mi expectativa de vida seguirá siendo la misma?

Bramwell sin dejar de mirarla, le respondió con una evasiva.

—No pienses en ello ahora, disfruta la oportunidad que la vida te está dando.

—¿Solo tendré esos años de vida? —insistió.

Iván mantuvo la mirada en los ojos de Joetta y por esa insistencia, le respondió:

—Sí Joetta. El promedio de vida oscila actualmente entre quince a veinte años, para quienes reciben la donación de un riñón, por supuesto que es significativamente más tiempo que aquellos que permanecen en diálisis.

Se resignó al escuchar esa confirmación de los propios labios de su médico.

—Gracias doctor Bramwell por conseguir a mi donante, yo pienso que serán veinte años que trataré de vivirlos plenamente.

—Así se habla Joetta. Serán entonces veinte años y si Dios quiere muchos más.

En ese preciso momento, Iván recordó la carta que Frank Donovan le entregara en el ascensor. La buscó en una de las gavetas de su escritorio.

—Antes de que te marches, tengo que entregarte algo. La persona que te donó el riñón me dejó esto para ti.

—¿Para mí? —Joetta y Danna se miraron mutuamente.

Joetta tomó delicadamente la carta y recordó a aquel sujeto que entró esa noche en la unidad donde se recuperaba. Aquél, al cual cegó con la intensa luz. Después no supo más, pues tuvo el infarto y posteriormente despertó ya operada y con su nuevo riñón. Sí, entonces ciertamente esa era la carta de John. Podía reconocer ahora la forma tan especial que tenia de escribir su nombre, esa letra *Jota* tan inmensa en comparación a las otras letras. Sí, era la letra de su amado John Stanek.

Se quedó sin habla por varios segundos. Guardó la carta para leerla después.

Recordó algo que quería preguntar desde hace días.

—¿Doctor Bramwell puedo saber algo de mi donante?

—Creo que sí; de lo poco que sé —Iván hizo memoria—. Su nombre es Frank Donovan. Se recuperó a la semana y se marchó. Supongo que regresó a los *Estados Unidos*. Días antes de marcharse se mostraba muy contento por haberte salvado la vida, creo que ese acto tuvo en él una trascendencia, que aunque no lo creas, le cambió la vida para bien. Eso fue lo que él personalmente me confesó.

Joetta se quedó pensativa. Segundos después todos se despedían.

Al llegar a casa, Joetta se reencontró con sus padres, familiares y amigos que le prepararon una fiesta de bienvenida. Danna fue la cómplice perfecta para la sorpresa. Nunca dijo nada.

Trató de estar al lado de todos y contarles todas sus vivencias. Después de algunos minutos se apartó de la reunión y fue a buscar la intimidad de su habitación.

Al cerrar la puerta, el sonido de las conversaciones y de la música, se disiparon.

Todo allá fuera era bonito, pero ella necesitaba un momento a solas para volver a estar con su amado John.

Sujetaba la carta entre sus manos, cerró sus ojos y lo recordaba. Imágenes inolvidables de tantos momentos desfilaron en su memoria. Por instantes una delicada sonrisa se apoderaba de sus labios. Se veía reír con John mientras bailaba con él en el Customs House, hasta parecía escuchar el sonido de la orquesta. Inclinaba su cabeza de un lado para otro, siguiendo rítmicamente las notas musicales de aquella noche maravillosa.

De pronto abrió sus ojos ya humedecidos de lágrimas. Recordó que siempre se enfrentó al recuerdo de John, regañándolo por no haberse despedido de ella y, ahora aparecía esta carta, traída precisamente por un hombre que también dijo conocerlo y que al final, terminó salvándole la vida.

—Tu última carta amor mío, la que imaginé que siempre me habías escrito y nunca llegaba. Cuantos días de angustia me llenaron el alma. Cuantas veces abrigué la idea de que aún estarías con vida en algún lugar de esa horrible guerra. Cuantas veces me dolió el corazón, pensándote, extrañándote. Pero el destino no ha querido ser tan cruel con nosotros, hoy me entregaron tu carta y es desde ya, es el más lindo regalo que haya recibido de ti.

Joetta se acomodó en su cama, reposó su cabeza en las blandas almohadas y procedió a abrir la carta de su amado John.

Geresk, Afganistán.

Joetta mi amor.

Dentro de algunos minutos más partiré en otra misión; quisiera poder detenerla pero los argumentos que tengo no son válidos. Nunca quise hablarte de esto, pero desde que dejé de verte, me sucedieron tantas cosas. En un principio pensé que no eran más que pesadillas, pero esos sueños se repetían uno tras otro cada noche, mostrandome una secuencia de acontecimientos que difícilmente podía ignorar.

En ellos te veo tan hermosa, tan llena de vida. Pero en esos sueños yo no estoy a tu lado. Y debo decirlo, tú compartes la felicidad con otro hombre y, si esta es mi última carta, quiero que lo sepas y quiero que me olvides. Lo mejor, es que solo quede una pequeña esencia mía en tu corazón, más pequeña que un grano de arena.

Quiero que seas feliz, tan feliz o más feliz de lo que fuiste conmigo, durante ese corto tiempo en que nos amamos, allá en tu Australia querida. Yo también fui feliz contigo.

Si mi carta ha llegado a ti, es porque esos sueños me revelaron que mis padres la entregarían en las mismas manos del hombre del cual te enamorarás algún día. El mismo hombre que venciendo muchos obstáculos, se enamoró también de ti, al verte por primera vez una noche, en la cama de un hospital. Su nombre es Frank Donovan y…

Joetta apartó la carta un momento y se quedó pensativa, mirando al blanco techo de su habitación, ese nombre Frank Donovan, volvía a repetirse en ese día. Recordó las palabras del doctor Bramwell: *Su nombre es Frank Donovan. Se recuperó a la semana y se marchó. Supongo que regresó a los Estados Unidos. Días antes de marcharse se mostra-*

ba muy contento por haberte salvado la vida, creo que ese acto tuvo en él una gran trascendencia.

—¿Frank Donovan?, ¿una gran trascendencia?—decidió seguir leyendo.

…Su nombre es Frank Donovan y, he sido testigo silencioso del amor que te brindará. No te negaré que algunas escenas me han producido celos y mucha rabia; pero creo que no puedo alterar mi destino. Con él tendrás aquella niña que siempre quisimos tener, la he visto y es hermosa. Le pondrás ese nombre que elegimos juntos un día: Suzette. Aunque existen escenas que faltan completar, pues me pregunto: ¿por qué estas en ese hospital? En mi ausencia, no quisiera que nada malo te suceda, porque de ser así, no me importa en qué laberinto del universo me encuentre, puedes estar segura que regresaré para ayudarte. Mi amor, tengo que irme. Te envío besos y el abrazo más fuerte y tierno que te haya dado nunca. Cuídate mucho. Y deja de pensar en mí, que yo estaré bien donde sea que me encuentre; solamente, sé feliz.

John.

Una tranquilidad perfecta invadió el alma entera de Joetta; al terminar de leer la carta de John.

Su habitación olía campo y a flores en primavera.

Cerraba sus ojos y lo recordaba, con unas lágrimas de despedida.

Esa carta llenaba por fin, todo ese espacio vacío, dejado a lo largo de todos estos años.

Besó delicadamente la carta de John, imaginándolo que lo tenía cerca y decidió archivar para siempre todos los recuerdos de ese gran amor, tal como se lo pedía él.

—Adiós mi amor, me diste los días más hermosos de mi vida.

EPÍLOGO

Un año después…

Avenida Negley Sur 1801-D

Pittsburg, Pennsylvania

EE. UU.

Eran las diez de la mañana de ese día sábado.

Frank Donovan había perdido peso, ya no comía su habitual comida chatarra; ahora su refrigerador solo almacenaba verduras, yogurt y conservas de frutas. Igualmente fortalecía sus músculos, en un gimnasio cercano durante algunos días a la semana.

Hace unos días estuvo en Nueva York, acompañando a su hermana Monalisa en su nuevo departamento, las invitaciones de ella se habían vuelto más constantes, pues ciertamente él había cambiado, ya no era el tipo iracundo que le causaba problemas en cualquier momento del día. Solían pasar algunos fines de semana juntos y desde luego, algunos días de vacaciones... de esos que aún le debían.

Pero una de esas mañanas, terminaría siendo muy *colorida* para Frank.

Recién habían transcurrido tres horas desde que se acostó y el timbre de la puerta parecía sonar por tercera vez. No lo creyó posible.

Aunque ya no maldecía como antes y desde hace algunos meses, asistía a una comunidad religiosa local, el molestoso ruido de esa mañana, le hacía decir con los ojos aún cerrados:

—Porque no vas y tocas la puerta del vecino, vamos, moléstalo a él, yo tengo que dormir. He estado toda la noche inmovilizando fracturas, aplicando suero, viviendo en mucha tensión. Mujeres llorando, niños adoloridos, hombres sangrando. Quiero descansar. Por favor, tengo mucho sueño.

Se volvió a dormir.

Nuevamente insistieron con el timbre.

Ignoraba cuantos minutos transcurrieron desde el último ruido, pero algo le decía que tenía que abrir esa puerta, ver a los ojos de la persona que insistía y decirle que no lo vuelva a hacer.

Salió de la cama en calzoncillos. Quitó el cerrojo y abrió.

—¿Por qué esa insistencia?

Miró a la persona parada frente a él. Abrió y cerró sus ojos varias veces. La voz se le petrificó en la garganta. No pudo decir nada más, salvo:

—No me diga nada. Discúlpeme, enseguida vuelvo —cerró la puerta con suavidad.

Todo el sueño se le quitó de golpe. Corrió a cambiarse un pantalón y una camisa. Su mente se comenzaba a aclarar y ya estaba a punto de recordar a la persona que dejó fuera. Sí, la había visto antes. Una mujer tan bella como esa no se le olvidaría nunca. ¿Quién es? ¿Quién es?

—Dios mío, es ella: Joetta. ¿Aquí?

Trató de poner algunas cosas en su lugar, libros, revistas. Abrió las cortinas y las ventanas. Dejó que el sol iluminara los muebles. Ordenar todo rápidamente era imposible. No podía hacer esperar a su visitante una eternidad. Decidió abrir la puerta y hacerla pasar.

—No me diga su nombre, usted es… Joetta.

Ella le sonrió.

—Pues sí. ¿Como esta, señor Frank Donovan? —ella le extendió su mano.

Joetta vestía bien elegante; un conjunto azul marino y una blusa color plata. Calzado fino de tacón alto y bolso de diseñador.

—Por favor pase. Disculpe el desorden es que...

Ella le interrumpió, mientras se sentaba en uno de los sillones de la pequeña sala.

—No se preocupe. Solo estaré unos minutos.

Frank decidió continuar.

—Ha pasado un año, no pensé volver a verla. Luce usted tan... bella.

—Gracias por ese halago.

—¿Ya desayunó? —preguntó Frank, aunque sería un problema si ella decía que no.

—Sí, muchas gracias.

Qué alivio, dijo dentro de sí. Agregó:

—¿Algo que pueda invitarle, una soda, un café, te?

Ella volvió a sonreír.

—Ya que insiste, un café.

Frank se levantó en dirección a la cocina. Desde ahí seguía hablándole, mientras preparaba los cafés.

—Podía haberme imaginado todo, menos que fuese usted. ¿Cuándo llegó? ¿Cuánto tiempo se quedará en mi país?

—Llegué ayer en la noche y me quedaré tres días en *Pittsburg*.

Frank apareció dos minutos después con las dos tazas de café y unas galletitas.

—Muy interesante, creo entonces, ¿podremos volver a vernos?

—Yo creo que sí señor Donovan. Me agradará mucho.

—A mí también… Joetta. Y por favor, le pido que me llame Frank.

—Sí, pienso que es lo mejor, llamarte Frank, después de todo no somos dos extraños totalmente —respondió Joetta sin dejar de mostrar esa pequeña sonrisa en sus labios delgados.

Se sentaron a compartir en la pequeña mesa.

Joetta le confió que había sido designada gerente de servicios de una prestigiosa compañía hotelera, cuya sede principal estaba en *Sídney* y, que recientemente habían comprado seis hoteles en los Estados Unidos. Ella estaría viajando constantemente por las ciudades de *Boston, Jacksonville, Miami, Nueva York, Pittsburgh* y *Washington.*

Frank seguía preguntándose, cómo fue que dieron con su paradero.

—Puedo preguntar: ¿cómo me localizaste?

—Si me preguntas, cómo supe tu dirección, pues por el registro de donante voluntario que firmaste. El doctor Bramwell fue muy gentil en permitirme copiarla. Fui a verlo en varias ocasiones en estos últimos cuatro meses y él siempre me decía lo mismo: está prohibido Joetta, está prohibido. Ya conoces ese tono de voz que tiene cuando habla con un paciente. Un día por toda mi insistencia, accedió, pero solo a mostrármelo, de esa manera, si lo obligaban a confesar si alguna vez me cedió información, él diría la verdad: *Jamás* —Frank sonreía—. Así fue como obtuve la información de tu trabajo y la dirección de tu casa; el resto fueron una serie de coincidencias que se fueron dando y bueno, aquí me tienes Frank. Y discúlpame por interrumpir tu sueño, debí ir primero al Mercy, seguramente me hubieran dicho que tu turno recién había terminado, de haberlo sabido, habría hecho planes para visitarte más tarde.

—No, por favor, hiciste bien en venir. Solo disculpa que mi departamento de soltero se encuentre tan mal organizado.

—Oh, no te preocupes, yo me adapto a todo.

—Me alegro que así sea.

Bebieron ambos unos sorbos de café. Frank masticaba una galletita y quería tragarla rápido para seguir hablándole. Pero ella se le adelantó.

—Humm… Frank, el café esta riquísimo —dijo Joetta, con una expresión de verdadero placer y agregó—, tienes que decirme, ¿qué marca es, para comprarlo?

—Lo traje desde *Perú*. Es café orgánico, cultivado sin usar pesticidas. Hace veinte días que regresé de un viaje de vacaciones por ese país sudamericano; tengo aún unos envases, puedo obsequiarte algunos si me lo permites.

—Me agradará mucho Frank, gracias, esta delicioso.

Frank dejó brevemente la pequeña mesa y volvió enseguida trayendo dos empaques plateados de café orgánico.

—Te los entrego de inmediato, pues… yo suelo ser muy olvidadizo.

—¿Tan joven y olvidándose de las cosas?

—Sí, aunque no lo creas, me sucede habitualmente, ¿debe de ser que pienso en muchas cosas a la vez?

Joetta seguía mostrando su rostro amigable y de verdadera complacencia por conocer a Frank. La conversación entre ambos se detuvo por algunos segundos. Joetta decidió ser la primera en intervenir, creyó que era el momento preciso para decir, lo que venía a decir.

—Frank, vine a verte, pues quería agradecerte… por salvarme la vida. Sinceramente de no haber sido tú…

Frank la interrumpió.

—Por favor Joetta, no digas nada más; no tienes nada que agradecerme.

—Por supuesto que sí Frank; además tengo que disculparme por la manera tan grosera que te traté aquella noche, cuando me buscaste para entregarme la carta de John. Ahora que lo recuerdo, hasta tengo que agradecerte por estar ahí esa noche, pues evitaste que muriera, eso me lo contó el doctor Bramwell.

—Te repito Joetta, no tienes nada que agradecerme.

—Honestamente tengo mucho que agradecerte Frank. —Joetta puso su mano derecha, encima de la mano izquierda de Frank, como tratando de decirle lo importante que él, era para ella.

Para el olvidadizo Frank, sentir el tacto de esa mano cálida le regocijo el alma entera. Decidió hablarle:

—Bueno, como sé que no te detendrás en llenarme de halagos por salvarte la vida, está bien; tu agradecimiento esta aceptado.

Joetta sonrió y le dijo nuevamente: *gracias Frank.*

Bebieron otros sorbos de café orgánico. Joetta quería hacerle otra pregunta, una que se la hizo varias veces durante todos estos meses.

—Frank, quería preguntarte: ¿cómo fue que conociste a John?

Esa pregunta tomó por sorpresa a Frank. Pero se repuso rápidamente, desde luego, no podía narrarle los hechos delicados y traumáticos que sucedieron aquella mañana cuando lo conoció, ni mucho menos lo ocurrido al día siguiente; tampoco todo lo demás. Meditó brevemente en la mejor respuesta. Para el Frank de antes, mentir hubiese significado hacer uso de su habilidad histriónica, tan profesional en él; pero para el Frank de ahora, mentir era un acto bochornoso e indigno para un hombre. Le habló:

—Cuando conocí a John, yo no creía en Dios. Pero hoy sé que en cada acto de amor y paz que realiza un ser humano, Dios está presente. Respecto a lo que me pides, no creo que a John le gustaría que conozcas como fue que nos conocimos; pero si te diré, que aquella primera vez yo no le creí. Sin embargo, existieron personas y circunstancias que continuaron guiando mis pasos hasta conocerte. John me dijo que yo te salvaría la vida, pero no me dijo: ¿cómo?

Frank sonríe levemente mirando a Joetta.

»Pero sinceramente, al final de todo me agradó hacerlo y verte ahora tan llena de vida, lo compensa todo. Así mismo, haber llevado hasta ti la carta de John.

Joetta recordó la carta, por tanto existía algo más que agradecer a Frank.

—Frank, gracias por hacerme llegar la carta de John. Esa carta llenó vacíos importantes en mi vida. Sobre todo, aquella despedida que nunca tuve de él. Esa carta me ayudó a reiniciar mi vida, como él me lo pidió. Me impulsó de nuevo a maquillarme, a querer la vida nuevamente con intensidad. Me ayudó a sonreír, a buscar un nuevo empleo. ¿Sabes?, él escribió en esa carta las palabras certeras, para revitalizar mi alma por completo, es… cómo si conociera anticipadamente lo que me iba a suceder en su ausencia. Fue un buen amor, un buen amigo. Así lo recordaré siempre. Pero la vida continúa y aquí estoy, ahora pienso que el mundo es pequeño, realmente pequeño.

Frank pensaba también en John Stanek, en eso, recordó el último pedido que le hiciera, antes de desaparecer.

—Por cierto, antes de que me olvide, ya te dije lo olvidadizo que soy; John me pidió que te dijera, él quería que supieras que su último pensamiento, fue siempre para ti y… Suzette.

Joetta cerró sus ojos por unos breves segundos, pero no dejó salir ninguna lágrima. Muy dentro de sí, solo agradecía ese último gesto de amor de su amado John.

—Gracias Frank, esas palabras me hacen ver que realmente confió mucho en ti. ¿Desde luego sabes quién es Suzette, verdad?

—Pues no. Dime.

—Te diré entonces; Suzette es el nombre que queríamos ponerle a nuestra hija. Soñábamos con tener una linda mujercita. Eso es algo muy íntimo, que solo conocíamos él y yo. Y si él lo compartió contigo, entonces no dudo que fuiste realmente alguien muy especial para él, ¿o me equivoco?

—Sí, realmente pienso que fui alguien muy especial para él.

Durante los tres meses siguientes, Joetta y Frank continuaron saliendo, descubriendo para su felicidad, que el
amor comenzó a anidar en sus corazones.

Se casaron dos meses después en un tiempo de
primavera.

En su luna de miel, visitaron Brisbane y, Joetta
le mostró lo que era el Customs House y a él le gustó
verla feliz. Recién ahí le contó un sueño que se repitió
durante muchas noches, uno donde John parecía querer
darle un mensaje que ella no comprendía, pero que ahora volviendo a revivirlo, parecía más claro y directo.

—Mi vida, quiero contarte un sueño, un sueño
que tuve hace mucho tiempo y del cual nunca te hablé,
y creo que al fin alcancé a darle la respuesta apropiada.

—Dímelo mi amor. Te escucho.

—Sucedió antes de conocerte. Fue como te dije,
un sueño, o varios sueños con el mismo mensaje, en el
cual John quería decirme algo, yo no escuchaba su voz,
solo veía la mímica del movimiento de sus labios, que
interpreté en ese momento como algo tan contradictorio, pues él parecía decirme: *espéralo, ámalo*. Yo le preguntaba, ¿qué puede significar: espéralo, ámalo?, ¿esperar qué?, ¿amar a quién? Hoy pienso que él, se refería a
ti. Como igualmente escribió tu nombre en su última
carta. Sí, se refería ti Frank, él sabía que tú y yo nos
conoceríamos y nos llegaríamos a enamorar. Te parece-

ré una tonta, pero pienso que en ese sueño él se refería a ti. En ese sueño, me decía que fuese feliz contigo.

Frank, guardó unos segundos en silencio antes de responderle. Un mensaje de igual felicidad recibió él, en la carta que John le escribiera. Le sonreía a Joetta mientras acariciaba sus cabellos.

—Donde quiera que esté John Stanek, sabe ya que eres feliz, y estoy seguro que él también lo será… por buscar tu felicidad.

Esas palabras acariciaron el alma de Joetta, como alguna vez la hicieron… las de John.

Un año después de casarse, nació su única hija a la que llamaron: Suzette.

Joetta sigue firme en su decisión, de ser la paciente con riñón trasplantado que logre vivir más de esos veinte años en promedio.

Cada año le agradece a Dios, por haberle dado tanta felicidad en su nueva vida, con un buen esposo que la comprende tanto, y una hija maravillosa.

Frank siguió como paramédico, auxiliando y salvando vidas, laborando para el Departamento de Bomberos de Pittsburg, Pennsylvania, a través de la Estación

Cuatro del Mercy Hospital. Cada vez que con su automóvil, recorre cerca de la Universidad Carlow, disminuye la velocidad, como respeto a aquel hombre que un día envuelto en llamas, regresó de la muerte para salvar la vida de su amada y transformar la vida de él.

Joetta aprendió a hacer ese rico pastel de naranja, y cada año para el cumpleaños de John, Frank y ella lo recuerdan con mucho cariño; se volvió costumbre dejar sobre la mesa una rebanada grande, como agradecimiento perpetuo, por todo lo que él hizo por ellos.

Hasta el día de hoy, son muy felices.

Dante Romero Siña

12 de diciembre de 2011

ACERCA DEL AUTOR

Dante Romero Siña (1960) Nació en Lima-Perú. El arte siempre influyó en él desde pequeño, su padre era escultor pintor y grabador, egresado de la Escuela de Bellas Artes de Lima, quien exponía en diversas bienales sudamericanas, a las que Dante acompañó en varias oportunidades. Dante, estudió Administración Empresarial y luego se especializó en Recursos Humanos, Ventas y Negociación. Ha dictado diversos seminarios y charlas en diversas empresas de su país. *La Muerte de los Trece Bomberos*, fue su primera novela basada en hechos reales que escribió y, a ella le tiene un inmenso cariño, dado que durante el tiempo que le demoró escribirla, surgieron varios proyectos, a los cuales viene dando termino, poco a poco. *El Amor del Capitán Stanek*, es uno de ellos; es la segunda y a la vez la primera romántica que escribe. Dante se dedica hoy enteramente a la escritura, sin dejar de acceder todos los días a Twitter y Facebook, manteniendo una fluida comunicación con sus lectores.